TEXTO, CRÍTICA,
ESCRITURA

TEXTO, CRÍTICA, ESCRITURA

■

Leyla Perrone-Moisés

Reedição revista e ampliada,
com argüição de
ANTONIO CANDIDO

Martins Fontes
São Paulo 2005

Copyright © 2005, Livraria Martins Fontes Editora Ltda.,
São Paulo, para a presente edição.

1ª edição
1978 (Editora Ática)
3ª edição
maio de 2005

Acompanhamento editorial
Helena Guimarães Bittencourt
Revisões gráficas
Solange Martins
Maria Regina Ribeiro Machado
Dinarte Zorzanelli da Silva
Produção gráfica
Geraldo Alves
Paginação
Moacir Katsumi Matsusaki

Dados Internacionais de Catalogação na Publicação (CIP)
(Câmara Brasileira do Livro, SP, Brasil)

Perrone-Moisés, Leyla.
Texto, crítica, escritura / Leyla Perrone-Moisés. – 3ª ed. – São
Paulo : Martins Fontes, 2005. – (Coleção leitura e crítica)

"Reedição revista e ampliada, com argüição de Antonio Candido"
Bibliografia.
ISBN 85-336-2123-X

1. Crítica literária I. Candido, Antonio. II. Título. III. Série.

05-1668   CDD-801.95

Índices para catálogo sistemático:
1. Crítica literária   801.95

Todos os direitos desta edição para a língua portuguesa reservados à
Livraria Martins Fontes Editora Ltda.
Rua Conselheiro Ramalho, 330 01325-000 São Paulo SP Brasil
Tel. (11) 3241.3677 Fax (11) 3101.1042
e-mail: info@martinsfontes.com.br http://www.martinsfontes.com.br

Este trabalho foi realizado graças ao auxílio da Fundação de Amparo à Pesquisa do Estado de São Paulo e a uma *allocation* do governo francês.

Précisement parce que la critique littéraire n'est pas un genre, *à proprement parler, rien de semblable ni d'analogue au drame ou au roman, mais plutôt la contre-partie de tous les autres genres, leur conscience esthétique, si l'on peut ainsi dire, et leur juge, c'est pour cela que pas un genre, n'étant plus indéterminé, ne semble avoir traversé plus de vicissitudes ni subi de transformations plus profondes.*

. . . .

Tandis que tous les autres genres se développent entre les bornes de leur définition, dont ils ne s'écartent que pour commencer, en quelque manière, à cesser d'être eux-mêmes [...] la critique, elle, au contraire, ne se pose qu'en s'opposant, déborde d'âge en âge les limites qu'on lui avait assignées, et ne s'objective qu'en se dépassant. Si cependant on l'appelle toujours du même nom, est-ce un signe de la confusion des idées? ou de la pauvreté de la langue? En aucune façon, mais c'est que, sous la diversité des apparences, elle n'a pas changé de nature en son fonds. Elle n'a que l'air d'être autre, mais elle va toujours au même objet, et elle remplit toujours la même fonction. Sa méthode d'étend ou se resserre, selon les époques, plutôt qu'elle ne se renouvelle; elle se diversifie plutôt qu'elle ne se transforme.

. . . .

Faire la critique d'une oeuvre, c'est la juger, la classer, l'expliquer. Eliminer de sa définition l'un quelconque de ces trois termes, c'est donc la mutiler ou plutôt c'est la dénaturer; comme si, par exemple, de la définition d'une espèce animale, on éliminait ce que les logiciens appellent le genre commun, *pour n'en retenir que la* différence propre. *C'est ce que nous avons essayé de montrer et nous sommes persuadé que, si l'on pouvait ou si l'on voulait le bien voir, la critique, enfin débarrassée ou épurée de tout ce que la vanité, l'envie, la rancune, le désir de briller, y mêlent encore de vulgaire alliage, n'en aurait que plus de facilité pour remplir sa mission, pour approcher de son objet, et pour continuer son histoire.*

BRUNETIÈRE, F. *La Grande Encyclopédie*, t. XIII.★

Or, la crise de la littérature ainsi remarquée, une critique – quelconque, comme telle – pourrait-elle y faire face? Pourrait-elle prétendre à un objet? *Le seul projet d'un* krinein *ne procède-t-il pas de cela même qui se laisse menacer et mettre en question au point de la refonte ou, d'un mot plus mallarméen, de la retrempe littéraire? La "critique littéraire", en tant que telle, n'appartiendrait-elle pas à ce que nous avons discerné au titre de l'interprétation* ontologique *de la* mimesis *ou du mimétologisme métaphysique?*

C'est à cette délimitation de la critique que nous sommes dès maintenant intéressés.

DERRIDA, J. *La dissémination*, p. 275.★

▼ ▼ ▼ ▼ ▼

★ Ver tradução nas pp. 203-4.

ÍNDICE

Nota prévia à 1.ª edição XI
Nota prévia a esta edição XV

I . O lugar crítico 1
  1. Crítica e réplica 1
  2. Crítica e simulacro 6
  3. Crítica e ideologia 10
  4. Arte e ciência: os dois caminhos da crítica 19

II . Crítica e escritura 29
  1. A noção de escritura 29
  2. Escritura e discurso poético 39
  3. Escritura e produção textual 48
  4. A crítica-escritura (hipótese) 52

III . Crítica e intertextualidade 61
  1. Dialogismo e intertextualidade 61
  2. A intertextualidade crítica (hipótese) 69
  3. Metalinguagem e intertextualidade 74
  4. A obra inacabada 81

IV . Os críticos-escritores 87

1. Crítica-arte e crítica-escritura 87
2. A crítica-obsessão de Blanchot 96
3. A crítica-invenção de Butor 109
4. A crítica-sedução de Barthes 132

Inconclusão 157
Criticalegoria 165
Argüição de Antonio Candido 189
Posfácio 195
Tradução das citações 203
Bibliografia 207

NOTA PRÉVIA À 1ª EDIÇÃO

Ouve-se dizer freqüentemente que existem hoje em dia mais críticos do que escritores, mais ensaístas do que romancistas e poetas. Também se ouve dizer, com igual freqüência, que não há mais críticos, que as obras de criação já não encontram mais quem as comente, julgue e divulgue. Embora aparentemente contraditórias, as duas afirmações decorrem de um mesmo estado de coisas, mais precisamente, de um mesmo estado de mutação das coisas no campo literário.

Já seria tempo de notar que o que está ocorrendo no domínio das letras é algo mais importante do que uma simples inversão quantitativa devida à falta de "inspiração" ou de "força criadora" (como sugere a primeira afirmação), ou à carência de "inteligências críticas" (como sugere a segunda).

Essas duas posições procedem de uma obstinação em pensar a literatura do ponto de vista dos gêneros tradicionais, sem levar em conta um acontecimento capital no domínio literário, a saber o advento da "escritura".

Desde o fim do século XIX, os escritores revelaram uma acentuada tendência à autocrítica. Desde então, a obra literária tem-se tornado, cada vez mais, uma reflexão sobre a literatura, uma linguagem que contém sua própria metalinguagem (Lautréamont, Mallarmé, Joyce). Essa "crítica interna", realizada no interior das próprias obras, entrou em concorrência com a "crítica externa", exercida pelos leitores-críticos. A crítica institucionalizada entrou em crise: as novas obras a repeliam, tornavam-na supérflua.

Até então, a crítica fora uma atividade que se impunha como prosseguimento natural da atividade criadora. As reclamações contra seus abusos, por parte dos criadores, eram codificadas segundo o mesmo contrato literário e subentendiam a aceitação do papel e dos direitos da crítica. A nova prática da "escritura", como auto-reflexão e autocrítica, transtornou essa antiga economia do campo literário.

Ao mesmo tempo que a obra de criação assumia um caráter cada vez mais crítico, certos críticos começaram a revelar uma ambição crescente de autonomia, com relação às obras criticadas. Abandonando pouco a pouco a posição modesta de leitores e de guias de leitores, esses críticos passaram a aparecer como escritores cuja obra concorria, em termos de invenção, com a obra pretensamente analisada.

Assistimos então ao aparecimento de um novo tipo de discurso literário, aflorando no lugar anteriormente ocupado pelo discurso crítico: um discurso crítico-inventivo no qual se fundem as características do discurso crítico e do discurso poético, até este momento consideradas como inconciliáveis, a não ser num nível puramente estilístico.

Não se trata mais, para o crítico, de simplesmente escrever bem e de assumir por vezes um estilo poético. Trata-se de aceder, na sua prática de linguagem, à liberdade total que é a de todo escritor. Esse novo tipo de discurso pressupõe a caducidade de certos objetivos da crítica literária e o não-preenchimento de certas funções tradicionais dessa atividade: função explicativa, função informadora, função didática.

A vacância de objetivo e de função mostra precisamente que não se trata mais de um discurso no sentido logocêntrico do termo. Todas essas transformações decorrem de um profundo remanejamento do campo literário: elas marcam o fim da literatura (como discurso representativo) e o advento da "escritura" (como exploração da linguagem), a morte da obra e o nascimento do "texto".

A distinção entre escritor e crítico existia enquanto se distinguia *escrever* e *ler* como duas atividades separadas. Essa distinção, de base teológica, pressupunha a representatividade do signo dado à decifração. O escritor lia o livro do mundo, escrito por Deus; na etapa seguinte, o escritor tomava o lugar de Deus e o crítico o de leitor. Ora, os textos contemporâneos não preexistem à sua escritura, somente são escritos à medida que o escritor lê os possíveis da linguagem e outros prosseguem essa leitura.

Ao fazer de sua especificidade seu referente e seu objetivo, a literatura se torna exploração crítica da linguagem. Ao mesmo tempo, à medida que a crítica assume a escritura, o texto criticado se torna pré-texto para uma nova aventura de linguagem, o discurso sobre o texto se torna, ele próprio, texto.

Atingimos então o momento do encontro, o momento em que a "crítica" e a "literatura", adotando diante da linguagem a mesma atitude e os mesmos meios, correndo os mesmos riscos e alcançando o mesmo prazer, fundir-se-ão finalmente na escritura.

Este é o nosso objeto: inaugural, nascente, dificilmente descritível e talvez não-teorizável. Tal é nosso risco e nosso prazer: pergunta formulada à linguagem, do interior da linguagem.

Paris, março de 1973.
São Paulo, março de 1975.

NOTA PRÉVIA A ESTA EDIÇÃO

    Este livro foi, originalmente, minha tese de livre-docência, defendida na Universidade de São Paulo em outubro de 1975. Ele trata de questões debatidas na França numa época de grande efervescência teórica: as décadas de 1960 e 1970.
    Como todos os trabalhos escritos no calor da hora, este correu o risco de se tornar, com o tempo, obsoleto. Entretanto, como muitas de suas questões continuam em aberto, e várias de suas propostas tiveram conseqüências que duram até hoje, a Editora Martins Fontes e eu achamos oportuno republicá-lo. Algumas considerações a esse respeito serão desenvolvidas no "Posfácio".

São Paulo, agosto de 2004.

CAPÍTULO I

O LUGAR CRÍTICO

"La critique est sans doute permise
dans la république des lettres."*

ANTOINE DE LA MOTTE-HOUDAI,
Réflexions sur la critique, 1715.

1. Crítica e réplica

Na palavra *réplica*, juntam-se dois sentidos: imitação e refutação. A desconfiança que sempre cercou a escrita (no sentido largo de linguagem escrita) procede do temor de que se passe de um sentido a outro. Enquanto a escrita se apresenta como réplica *da* palavra (original, divina), ela é tolerada; no momento em que ela ameaça tornar-se réplica *à* palavra, ela é censurada.

A história dos livros é a história da réplica, e esta se desenrola entre a imitação (réplica do original) e a refutação (réplica ao original). Entre o copista e o comentador, já se verifica um perigoso deslizamento. A invenção da imprensa favoreceu a cópia em termos quantitativos, mas, ao mesmo tempo, criou condições favoráveis ao aparecimento e à divulgação das réplicas infiéis e até mesmo contestatórias.

O primeiro passo para além da cópia foi efetuado pela hermenêutica religiosa. Mas esse passo é cauteloso. A deci-

▼ ▼ ▼ ▼ ▼

* "A crítica é sem dúvida permitida na república das letras."

fração do texto sagrado se efetua na submissão e no respeito, pretendendo seguir ao pé da letra a transcrição do Verbo. Não se trata de dizer outra coisa, mas somente de explicitar a palavra divina, torná-la mais clara, contribuir para que ela seja compreendida como ela *é* e não como parece ser.

A contestação filosófica representa um passo maior, mas até muito recentemente esse passo foi dado no mesmo percurso teológico. Mergulhada na mística da Verdade, a filosofia ocidental desenvolveu-se como réplica ao mestre ou ao sistema anterior, mas o que era posto em questão era o mestre ou o sistema e não a Verdade. Tratava-se sempre da réplica a uma verdade particular não reconhecida como a Verdade, e o objetivo da réplica era estabelecer a Verdade. Foi preciso que Deus fosse dado por morto para que a réplica se tornasse radicalmente refutadora, para que ela pudesse desenvolver não somente sua capacidade de negação mas também seu potencial de negatividade.

O livro crítico, por sua condição de livro segundo, sofreu e sofre ainda dessas injunções religiosas. Nascida na era da representação, a crítica literária oscilou sempre entre o mimetismo piedoso e a contestação aparentemente ímpia. Nos dois casos, ela se encontrava na mesma situação de dependência, na mesma mística.

O texto literário era ora o sagrado que se deve adorar, ora o ídolo que se deve destruir em nome da Verdade literária. Quer se trate da reescritura alegórica do *Dom Quixote*, no conto famoso de Borges (cuja personagem pode ser vista como o crítico mais fiel à obra, aquele que a reproduz palavra por palavra), ou da condenação real do *Cid* pela Academia Francesa, estamos sempre diante de uma concepção religiosa do texto.

No tempo em que a história da literatura era a dos sujeitos-criadores, a história da crítica era a dos fiéis ou dos iconoclastas (e o iconoclasta é sempre o fiel de uma outra verdade). A relação entre o escritor e o crítico era correlata à relação entre o Criador e o criador, e seus escritos difeririam como a Obra da obra.

O crítico sempre foi o segundo, o inferior, o servidor. Se percorrermos uma antologia da crítica desde a Idade Média (manifestações precursoras), passando pelo século XVII (data do batismo da crítica literária), até os nossos dias, verificaremos como constante, no testemunho dos críticos sobre sua atividade, o complexo de inferioridade.

Na Idade Média, os escritos sobre a literatura tinham a forma de biografia dos escritores (*De Viris*), e esse gênero se confundia com a hagiografia. A metalinguagem literária começa, assim, como prática piedosa e edificante.

No século XVI, aparece entre os letrados a atitude de "livre exame". Seria simples coincidência o fato de a crítica literária nascer no próprio momento da Reforma? De qualquer modo, o livre exame sendo ele mesmo religioso não altera substancialmente as relações hierárquicas entre o criador literário e o crítico. O crítico é aquele que, em nome de determinadas regras do código retórico, denuncia o falso criador para inclinar-se diante do "verdadeiro".

A crítica dogmática e normativa do século XVII, promovendo o crítico a um posto de autoridade fiscal, torna-o suspeito de ser um despeitado, isto é, um inferior vindicativo: "Esse ofício de crítico não é talvez o mais honesto do mundo, e é difícil que aqueles que o exercem, por mais discretamente que o façam, possam evitar a suspeita de invejar a glória de outrem ou de ter a malignidade na alma."[1]

▼ ▼ ▼ ▼ ▼

1. Chapelain, Carta a Ménage, 28 de janeiro de 1659.

No século XVIII, as luzes só iluminam o crítico de viés. Para Rousseau, como para Diderot, o julgamento crítico permanece submisso ao julgamento moral, e já que o grande escritor é ele mesmo um moralista, o bom crítico será, na melhor das hipóteses, aquele que sabe reconhecer um bom moralista. "Para julgar os poetas – escreve Voltaire – é preciso ter nascido com algumas faíscas do fogo que anima aqueles que se quer conhecer."[2]

No século XIX, a hipertrofia do gênio tornará ainda mais evidente a pequena estatura do crítico. Sua recente promoção social, devida à proliferação e à importância crescente dos jornais, não consegue amenizar seu complexo de *parvenu*. A estética romântica, inflando o criador, desinfla ao mesmo tempo o crítico. Seu poder é sapeado por uma verdadeira onda de ridicularização, onda para a qual cada criador trará sua contribuição, sob a forma de observação sarcástica. Sainte-Beuve conhecerá seu lugar, em face do gigante Hugo[3].

Inferior, aleijado, impotente – eis como os próprios críticos sempre se consideraram. Em 1966, tal é ainda a desoladora conclusão de um colóquio sobre a crítica: "O crítico não é aquele que rouba a poesia do poeta, que se enfeita com as plumas do pavão, que, por um dia ou uma hora, toma o lugar do rei? [...] Um cego a quem se emprestam olhos, um surdo que adquire a capacidade de ouvir, um não-poeta que recebe o dom da poesia, eis o que é um crítico [...]. Digamos, em suma, que eu me substituo por alguém melhor do que eu."[4]

▼ ▼ ▼ ▼ ▼

2. *Essai sur la poésie épique.*
3. Além de outras fixações de Sainte-Beuve com relação a Hugo, parece-nos igualmente notável o fato de o crítico morar sempre na mesma rua que o poeta, do mesmo lado, mas alguns números *depois* (ou *abaixo*): em 1827, na Rue de Vaugirard (Hugo no n.º 90, Sainte-Beuve no n.º 94); em 1830, na Rue Notre Dame des Champs (Hugo no n.º 11, Sainte-Beuve no n.º 19). Cf. Sainte-Beuve, *Ma biographie.*
4. POULET, Georges, *Les chemins actuels de la critique.*

Embora essa atitude seja ainda a de muitos críticos contemporâneos, algo aconteceu ao homem e à literatura desde o fim do século XIX, algo de suficientemente importante para abalar essa relação já quase tranqüila à força de ser rotineira. O que aconteceu foi o questionamento do sujeito-criador, a flutuação da Verdade, a queda das hierarquias em conseqüência de um descentramento ontológico e ético. O momento caracterizado por Mallarmé como *l'exquise crise*.

A morte do Criador acarretará a morte do artista-criador, detendo o jogo de reflexos da era da representação. O eclipse do Sujeito colocará o sujeito humano entre parênteses, e esse desaparecimento será notado por todas as ciências humanas. Na psicanálise contemporânea, Lacan vai apontar seu lugar como vazio: o sujeito é um significante da linguagem do outro. Na lingüística, Benveniste demonstrará que o pronome pessoal *eu* se desdobra automaticamente em sujeito do enunciado e sujeito da enunciação, não tendo nenhum referente exterior mas tão-somente uma existência discursiva. Em economia e política, o lugar do sujeito-proprietário será contestado pelo marxismo. Na antropologia estrutural, o sujeito será apenas uma existência funcional, como termo de uma relação.

Na literatura, a morte do sujeito-criador modificará os estatutos do escritor e do crítico. A distinção entre *escrever* e *ler*, como atividades hierarquizadas na escala de valores e sucessivas na linha temporal, tenderá a desaparecer. Barthes vai notar que um texto se reescreve indefinidamente à medida que é sucessivamente lido e, ainda mais, que ele só se escreve no momento em que é lido, já que a leitura é a condição da escrita e não o inverso, como antes se postulava. Os sentidos não emanam mais de uma verdade originária, da qual o escritor estaria mais próximo do que o crítico. Escritor e crítico trabalham com a mesma linguagem capaz de significar, os sentidos da obra não são mais verdadeiros do que os da crítica. No campo da crítica, como nos outros campos da modernidade, "a experiência ela própria é a autoridade"[5].

Despojada de seu véu místico e encarada em sua materialidade produtiva, a linguagem será o bem comum do antigo Deus e do antigo fiel. O crítico não precisa mais cair de joelhos diante do divino gênio, ele já pode replicar.

2. Crítica e simulacro

Em "Platon et le simulacre"[6], o filósofo Gilles Deleuze caracteriza a modernidade como o momento da deposição do platonismo pela valorização do *simulacro*. O platonismo e, depois dele, toda filosofia da era da representação (comprometida freqüentemente com o idealismo da doutrina cristã) legitimam a *cópia* (imitação da Idéia) e desacreditam o *simulacro* (cópia da cópia, imitação da imitação). Enquanto a cópia é considerada como um "pretendente" bem fundado, o simulacro é visto como um "falso pretendente". Isto porque a cópia tem uma relação direta com a Idéia, isto é, com a essência, enquanto o simulacro dispensa essa relação legítima e originária para viver de uma falsa semelhança, que abre caminho a uma dissemelhança generalizada, a um afastamento progressivo e incontrolável com relação ao centro, à Idéia.

Toda a filosofia monocentrista valoriza a *cópia-ícone* como sucedâneo válido do original, mas teme o *simulacro-fantasma*, excêntrico e divergente. Dentro do mundo da representação, o simulacro só pode ser encarado como uma cópia degradada,

▼ ▼ ▼ ▼ ▼

5. Maurice Blanchot, citado por Georges Bataille. In: *L'expérience intérieure*.
6. In: *Logique du sens*.

círculo concêntrico mas exterior, separado do centro pelo círculo primeiro, próximo e legítimo: o da cópia.

A deposição do platonismo na modernidade consiste em legitimar o simulacro, não como aparência igualmente legítima de essência, mas justamente como elemento perturbador da distinção essência-aparência, característica do mundo da representação. O simulacro nega o original e a cópia, o modelo prévio e sua reprodução, subvertendo todas as hierarquias e inaugurando a vertigem do descentramento.

Enquanto a cópia reproduz o mesmo, o simulacro produz a diferença, como semelhança simulada. Essa força produtiva, inventiva e descentralizadora do simulacro, confere-lhe uma orientação futuritiva que se opõe à tendência da cópia a voltar ao passado originário, para reproduzi-lo sem diferença, portanto sem crítica.

Prosseguindo por nossa conta a metáfora de Deleuze, diríamos que, na modernidade, a cópia é deposta porque já não se acredita no "rei" que legitimava sua hereditariedade (a Idéia), e que o simulacro é, não *legitimado* (já que não há mais trono a ser ocupado) mas *liberado*, como a força nova que se desencadeia quando as hierarquias soçobram. Não se trata, portanto, da ascensão do menor, mas do reconhecimento da inexistência de um maior.

A partir dessas reflexões deleuzianas, poderemos entender as razões filosóficas do *status* inferior e desacreditado da crítica literária dentro do mundo da representação.

A atitude idealista diante da literatura consiste em considerar a obra como cópia e a crítica como simulacro: a obra é aceita como cópia da Idéia, a crítica é menosprezada como cópia da cópia. O crítico é aquele que está separado da Idéia, das essências, e que só pode reproduzi-las passando por um intermediário, o autor, o qual se encontra em comunicação direta com a origem ou centro. A cópia da cópia é ilegítima, degradada, suspeita de infidelidade, e só pode ser tolerada dentro de uma hierarquia bem definida: Idéia, cópia, simulacro – Criador, criador, crítico.

Esta é a posição expressa por Platão no diálogo de *Ion*, no qual o rapsodo é reduzido a sua insignificância:

> Esse dom que tu tens de falar bem acerca de Homero não é, eu o dizia há pouco, uma arte, mas uma virtude divina que te move, semelhante àquela da pedra que Eurípedes chama de pedra da Magnésia, mas que geralmente é chamada de pedra de Héracles. Com efeito, essa pedra não só atrai os anéis de ferro, mas ainda lhes comunica sua virtude, de modo que eles podem fazer o que faz a pedra, atrair outros anéis, tanto que por vezes se vêem pensos, ligados uns aos outros, uma longa série de anéis de ferro, e todos tiram sua força dessa pedra. É assim que a musa inspira, ela própria, os poetas e estes, transmitindo a inspiração a outros, formam uma cadeia de inspirados.[7]

O *Ion* não é mais do que uma partícula eletrizada em movimento. É o que dizem os dicionários e é o que diriam mais tarde, do crítico, Voltaire e Georges Poulet, já citados anteriormente.

Essa atitude implica, evidentemente, a existência de um centro inspirador (origem e verdade) e a aceitação do caráter representativo de toda obra de arte. Assim sendo, só a representação direta é legítima, sendo suspeita a representação da representação. Ora, no momento em que caem por terra esses pressupostos idealistas, desmorona a hierarquia e libera-se o simulacro. Quando a obra de arte se apresenta ela própria como produção de diferença, a situação da obra crítica se encontra completamente transformada. Fora do mundo da representação, não há mais cópia, tudo é simulacro: "Não

▼ ▼ ▼ ▼ ▼

7. A partir da tradução francesa citada na bibliografia.

há mais ponto de vista privilegiado, assim como não há mais objeto comum a todos os pontos de vista. Não há mais hierarquia possível: nem segundo, nem terceiro..."[8]

E é exatamente isso que repugna ao pensamento idealista: a perda do centro, o desaparecimento da hierarquia, a proliferação incontrolável dos simulacros. Na hierarquia idealista, a obra de arte é reflexo de determinada fração da Idéia; cabe à obra crítica refletir esse reflexo do modo mais fiel possível (e, como simulacro, ela é sempre suspeita da infidelidade). O simulacro crítico pode ser tolerado na medida em que ajudar a ver melhor aquilo que a obra dá como imagem da Idéia. Lente de aumento, refletor iluminando um espelho – jamais espelho deformante ou lanterna mágica.

A aceitação da hierarquia assegura a estabilidade das fronteiras. A obra tem limites bem determinados e a crítica deve respeitar esses limites, colocando-se inequivocamente *fora, ao lado* (em literatura, segundo o código dos gêneros). Ora, se a cópia respeita as fronteiras, o simulacro as anula, já que a ausência de centro impede toda e qualquer demarcação.

A perda da origem torna igualmente impertinente a exigência de fidelidade: fidelidade da obra a uma verdade prévia, fidelidade da crítica à verdade da obra. A reprodução cede passo à produção, e a produção crítica não se encontra mais submissa a algo anterior e superior; ela pode tornar-se ela própria produção poética.

Certamente, continuará a existir um tipo de crítica concebida como cópia da cópia: a crítica glosa, a crítica paráfrase, a crítica descritiva. Mas essa não é um simulacro e sim um *factício*, na medida em que ela mantém a hierarquia idealista e cultiva a representação como reapresentação:

▼ ▼ ▼ ▼ ▼

8. DELEUZE, Gilles, *op. cit.*, p. 357.

O factício e o simulacro se opõem no cerne da modernidade, no ponto onde esta acerta todas as suas contas, como se opõem dois modos de destruição. Pois há uma grande diferença entre destruir para conservar e perpetuar a ordem estabelecida das representações, dos modelos e das cópias, e destruir os modelos e as cópias para instaurar o caos que cria, que faz avançar os simulacros e levantar um fantasma – a mais inocente de todas as destruições, a do platonismo.[9]

O simulacro é crítico e produtivo, o factício não. Essa crítica-factício só pode sobreviver à custa da velha literatura. Os textos da modernidade não oferecem vez a essa espécie de espelho, pois como simulacros eles só se abrem a outros simulacros, a outras *encenações*. Como qualquer obra poética, a crítica moderna não pretenderá representar mas sim simular, indefinidamente.

3. Crítica e ideologia

Os pressupostos tácitos que fizeram da crítica uma atividade vigiada, e que a mantiveram sempre numa situação de dependência, de submissão e de inferioridade são, como todos os pressupostos, ditados por uma certa ideologia.

Falar em ideologia é sempre tarefa arriscada, porque ninguém pode vangloriar-se de estar fora dela, e ainda menos quando se está redigindo uma tese universitária, artefato ideológico privilegiado[10].

Entendamo-nos, primeiramente, sobre o termo ideologia. Aqui o empregamos no sentido em que o emprega Al-

▼ ▼ ▼ ▼ ▼

9. DELEUZE, Gilles, *op. cit.*, p. 361.
10. Em seu seminário de 1972-73, na École Pratique des Hautes Études, Roland Barthes tratou dos aspectos ideológicos do objeto "tese universitária", desde as consultas em biblioteca, lugar altamente seletivo, até a apresentação de uma bibliografia, protocolo de referências que responde à exigência de uma declaração de origem e de propriedade.

thusser, especialmente no artigo "Idéologie et appareils idéologiques d'Etat"[11], cujas teses nos servirão de roteiro para o exame da ideologia da crítica literária.

Nesse trabalho, Althusser propõe como tese principal:

> A ideologia é uma "representação" da relação imaginária dos indivíduos com suas condições reais de existência.

E como teses conjuntas:

1. Só existe prática através e sob uma ideologia.
2. Só existe ideologia através do sujeito e para sujeitos.

Para sobreviver, toda formação social deve reproduzir as forças produtivas e as relações de produção existentes. A condição da produção é, portanto, a reprodução das condições dessa mesma produção. Para assegurar a reprodução das condições de produção, o Estado utiliza, segundo Althusser, dois tipos de aparelho: Aparelhos Repressivos de Estado (ARE) e Aparelhos Ideológicos de Estado (AIE). A distinção entre os dois tipos de aparelho se faz por predominância e não por exclusão, já que ambos são repressivos e ideológicos.

Como a reprodução das condições de produção numa sociedade capitalista depende do domínio exercido por uma classe sobre outra(s), é necessário que os indivíduos submissos sejam efetivamente reprimidos quando se rebelam. Esta é a função dos Aparelhos Repressivos de Estado (ARE). Mas nem sempre a repressão violenta é necessária, pois, na maior

▼▼▼▼

11. *La Pensée*, nº 151, pp. 3-38. Utilizamos o trabalho de Althusser não por sua originalidade (as posições aí apresentadas são de Marx), mas por seu caráter sintético. Certas discordâncias que poderíamos manifestar com relação a determinadas colocações althusserianas não dizem respeito àquilo que aqui discutimos e por isso dispensamo-nos de explicitá-las.

parte do tempo, basta a repressão mais sutil assegurada pelos aparelhos ideológicos, que mantêm uma "relação imaginária dos indivíduos com suas condições reais de existência", adormecendo-os e adiando indefinidamente sua rebelião. Enquanto os ARE funcionam "a violência" (como um automóvel "a gasolina"), os AIE funcionam, discreta e eficientemente, "a ideologia".

Althusser estabelece uma lista dos principais AIE: AIE religiosos (sistema das diferentes Igrejas), AIE escolares (sistema das diferentes escolas, públicas ou privadas), AIE familiares, AIE jurídicos, AIE políticos (sistema dos diferentes partidos políticos), AIE sindicais, AIE da informação (imprensa, rádio, televisão etc.), AIE culturais (letras, belas-artes, esportes etc.).

A harmonia dos AIE é garantida pela ideologia da classe dominante, cujo objetivo é, evidentemente, manter-se no poder graças à preservação do sistema[12].

Nesse "concerto" de AIE, um deles representa um papel relevante: a escola. É o único que tem audiência obrigatória, e numa fase de formação da consciência (ou da inconsciência) individual.

Uma síntese histórica nos mostra que o par escola-família substituiu, pouco a pouco, o par Igreja-família. Na Idade Média, a Igreja cumulava numerosas funções hoje confiadas a diferentes AIE, em particular as funções escolares e culturais. Do século XVI ao XVIII, trava-se uma luta contra a posição dominante dos AIE religiosos. E no século XIX, a hegemonia burguesa encampa a maioria das funções outrora

▼ ▼ ▼ ▼ ▼

12. Segundo Althusser, é o que ocorre numa sociedade de classes. Entretanto, não podemos deixar de observar que os marxismos instalados no poder parecem obedecer à mesma regra, garantindo sua sobrevivência graças à instalação de poderosos ARE e AIE. Como nosso objeto – a crítica literária ocidental – se situa numa sociedade de classes, não nos cabe extrapolar a crítica feita por Althusser a essa sociedade.

exercidas pela Igreja. O Estado burguês toma em mãos o campo educacional, e a escola passa a ser o principal aparelho da ideologia burguesa, da qual a ideologia religiosa é apenas um dos componentes adjuvantes[13].

Passemos ao exame da situação da crítica no panorama traçado por Althusser. Um rápido exame da lista dos AIE nos mostra que a crítica literária se exerce no âmbito de três deles: AIE escolar (ensino da literatura), AIE de informação (crítica jornalística, programas literários da televisão, filmes sobre escritores), AIE cultural (crítica publicada em livro).

Bem colocada nos AIE, a crítica ocupa uma situação dúbia, atividade vigiada e vigilante, policiada e policial, dependente e autoritária. Isto porque ela é uma autoridade intermediária, traço de união entre o AIE cultural literatura e seus destinatários, os leitores.

No primeiro capítulo, traçamos as relações entre a atitude da crítica literária e a atitude religiosa. Acompanhando a síntese histórica de Althusser, não nos será difícil perceber que, tendo a escola substituído a Igreja, a crítica literária exercida como ensino da literatura seja a que mais claramente manifesta uma atitude religiosa. Tendo substituído a Igreja como sede de difusão ideológica, a escola leiga mantém, em

▼ ▼ ▼ ▼ ▼

13. Um pensador precedeu os marxistas na identificação do Estado como aparelho controlador do ensino: Nietzsche, em 1872 (*Sur l'avenir de nos établissements d'enseignement*). Nietzsche denunciava então as escolas e universidades como verdadeiras fábricas destinadas a reproduzir a mão-de-obra necessária à manutenção do sistema. As invectivas do filósofo contra o sistema escolar e universitário ganham um peso moral extraordinário se nos lembrarmos de que elas foram lançadas como uma bomba, no exato momento em que a instituição pedagógica depositava grandes esperanças no jovem professor que ele era então. As colocações de Nietzsche são lúcidas e precursoras no sentido acima referido. Entretanto, como noutros textos do filósofo, elas se aliam a propostas elitistas que vão no sentido inverso. "Nietzsche é eminentemente um educador" (cf. ANTONIO CANDIDO, "O portador", in: *Obras incompletas de Nietzsche*, Abril Cultural, 1974).

todos os graus, uma certa religiosidade destinada a assegurar a manutenção de certa economia.

A pedagogia literária visa a conduzir os alunos (neófitos) aos mistérios da criação literária (dogmas), através da explicação de textos (hermenêutica); esses textos são as obras-primas (livros sagrados) transcritas, sob o ditado da inspiração (divina), pelos gênios da literatura (profetas).

Note-se que aquilo que se chama de "renovação do ensino da literatura" nem sempre, ou quase nunca, escapa do sistema do AIE escolar. Os "novos métodos", na maioria das vezes, mantêm os mesmos pressupostos ideológicos, transformando-se, mesmo, num meio mais atraente de os transmitir.

A crítica literária exercida no sistema escolar é, acima de tudo, uma crítica de integração social (portanto nada crítica). Tudo aquilo que, nas próprias obras, vai ao encontro da ideologia escolar é assimilado e digerido sob a categoria de exceção. O poeta (como todo artista) é apresentado como um indivíduo excepcional, seus desvios se explicam por uma biografia de marginal ("o gênio sofre muito", o que quer dizer: "o gênio paga por sua excentricidade") ou mesmo pela loucura ("os gênios são loucos"), e as belezas de sua obra são uma espécie de milagre ("da lama, o poeta faz uma estrela").

Quando essa assimilação se torna mais árdua, o AIE escolar simplesmente censura e exclui, dando por não existentes certos autores da história literária (postos para fora do Programa), certas obras de certos autores, certos trechos de certas obras. E, correlatamente, privilegiará os autores, obras e trechos mais adequados. A escolha das antologias literárias nos dá, a esse respeito, farta comprovação.

O ensino da literatura se encarrega, assim, de entreter uma "relação imaginária" (ideológica) dos alunos com os textos, apresentando as próprias obras como uma "relação imaginária" dos escritores com o mundo.

Dentro de outro AIE, que é o jornal, a crítica funciona de modo igualmente ideológico. O crítico-jornalista se manifesta "naturalmente" (o próprio da ideologia é ser "natural") de acordo com o espírito de seu jornal, o qual manifesta "naturalmente" uma das posições toleradas pelo sistema social. Mesmo no caso de um "jornal de oposição", pois a sobrevivência de qualquer jornal de oposição é prova de que o sistema pode incluir, sem grandes riscos, essa (o)posição.

No AIE editorial, o crítico-autor-de-livro sofre pressão ideológica menor do que o crítico-jornalista, mas como seu produto se destina geralmente a um grupo especializado professoral-estudantil, ele acaba por reencontrar o AIE escolar. Como fora desse circuito o ensaio crítico é pouco rentável para o editor, a aparente liberdade ideológica do crítico-autor-de-livro se transforma em coerção propriamente econômica.

A crítica literária tem portanto, em qualquer de suas manifestações, um curioso *status*. Incluída no sistema, ela é o porta-voz de um AIE: escola, universidade, jornal, edição. Entretanto, se ela exorbitar das funções previstas pela ideologia, ela poderá ser vítima de um ARE (censura). No mais das vezes, a censura é exercida pelo próprio AIE onde ela se manifesta. Raramente a intervenção de um ARE se faz necessária. Reprimida por sua própria ideologia, ela se colocará, por conta própria, em seu lugar na hierarquia: abaixo do escritor, acima do leitor ou aluno, assegurando assim a reprodução dos meios de produção literária.

Passemos às teses conjuntas de Althusser, cuja ordem inverteremos por conveniência de nossa exposição:

"2. Só existe ideologia através do sujeito e para sujeitos."

Já aludimos, anteriormente, à raiz religiosa da categoria de sujeito, assim como da relação Sujeito-Criador (Deus) e sujeito-criador (artista), que o crítico tende a repetir em sua relação com o escritor.

Althusser demonstra que "a categoria de sujeito é constitutiva da ideologia"[14]. A ideologia "interpela os indivíduos em nome de um Sujeito único absoluto e especular"[15], e é esse Sujeito central que garante a hierarquia, a ordem e o prosseguimento da produção, que só podem ser assegurados a partir de um centro.

Aceitando sua posição de sujeito número 2, depois do Sujeito e do sujeito número 1, o crítico garante seu ser, sua identidade e sua tranqüilidade, como sujeito ideológico. O "bom" crítico, portanto, é aquele que "conhece o seu lugar". E seu lugar na superestrutura (onde se situam seu ponto de partida – a obra – e seu ponto de chegada – o leitor) é um ponto de passagem para a ideologia dominante[16].

Através do crítico, a literatura é colocada como uma relação imaginária, sendo a própria crítica uma relação imaginária destinada a entreter, no leitor, uma relação imaginária com a realidade de sua existência. Toda essa cadeia de relações (os "anéis" de que falava Platão) assegura a reprodução dos meios de produção na infra-estrutura.

De modo geral, o que o crítico busca na obra é a reprodução; os modelos com que trabalha o crítico são modelos

▼ ▼ ▼ ▼ ▼

14. *Op. cit.*, p. 29.
15. *Id.*, p. 35.
16. Em *Le plaisir du texte*, Barthes chama a atenção para a impropriedade da expressão "ideologia dominante", já que a ideologia é sempre a da classe dominante: "Não há uma ideologia dominada: do lado dos 'dominados' não há mais nenhuma ideologia, senão precisamente – e este é o último grau da alienação – a ideologia que eles são obrigados (para simbolizar, portanto para viver) a tomar de empréstimo à classe que os domina" (pp. 53-4).

de reprodução (modelos de gênero, de época, de estilo). E como a produção não tem modelo, o crítico recua diante do novo, do divergente. Agindo desse modo, o que menos faz o crítico é provocar no leitor uma atitude *crítica*, pois sua atitude diante das obras convida o leitor a buscar, também no real, apenas a repetição.

A outra tese conjunta nos permitirá buscar uma saída para essa situação: "1. Só existe prática através e sob uma ideologia." Nenhuma prática discursiva é insuspeita de ser ideológica, nem mesmo a do discurso que desmascara e combate a ideologia. O único discurso liberado da ideologia, segundo Althusser, seria o discurso rigorosamente científico (teórico), na medida em que este é um discurso sem sujeito.

Essa colocação de Althusser tem provocado numerosas críticas[17] e essas nos parecem pertinentes. Liberar-se da ideologia graças a uma liquidação do sujeito corresponde à atitude que os franceses caracterizam como "jogar fora o bebê com a água do banho".

Não nos cabe discutir aqui esta vasta questão em termos gerais, isto é, tentar saber se um discurso sem sujeito (e portanto sem ideologia) é possível e desejável. A verdadeira questão não é a da liquidação do sujeito com seu micróbio ideológico, mas a do despertar do sujeito para uma atitude de crítica à ideologia.

Permanecendo apenas no terreno literário, o que temos de aceitar como um fato é que os discursos da e sobre a literatura estão longe de ser discursos sem sujeito. O próprio termo literatura é idealista, e continuamos a usá-lo do modo como ele foi criado num dado momento histórico-ideológico.

▼ ▼ ▼ ▼ ▼

17. Por Jacques Rancière, Julia Kristeva e Philippe Sollers, entre outros.

Quanto ao discurso sobre a literatura, com pretensões científicas, ele pode ser profundamente ideológico na medida mesma em que evita certos problemas contextuais e se aliena voluntariamente de uma situação histórica que exigiria crítica. A pretensão a um discurso literário científico, despojado de ideologia porque "sem sujeito", portanto plenamente objetivo, pode ser o último disfarce da ideologia. A pretensão à imunidade ideológica é veleitária, e corre o risco de se tornar metafísica.

A menos ideológica, a menos submissa das linguagens não é a linguagem científica mas a linguagem poética, enquanto "processo do sujeito" e de seus pressupostos. A linguagem poética coloca o sujeito em crise, forçando-o à mais radical das críticas com relação a si mesmo e à sua ideologia[18]. Portanto, o único modo de evitar a armadilha ideológica, para o crítico, é fazer ele próprio seu processo enquanto sujeito do saber, sabotar os subsistemas em que sua função ideológica é prevista, em suma, não ser mais um crítico no sentido institucional do termo e assumir a prática revolucionária da linguagem poética. Só assim seu discurso será plenamente crítico, com relação às obras e também com relação à realidade.

Quanto à nossa própria prática discursiva, no presente trabalho, devemos reconhecer que esta se encontra mergulhada na ideologia, como discurso institucionalizado (tese) e como discurso não-poético. Mesmo nossa denegação seria um atestado flagrante de ideologia: "Um dos efeitos da ideologia é a denegação prática do caráter ideológico pela ideologia: a ideologia não diz nunca 'estou na ideologia'."[19] Estamos, portanto, em plena ideologia.

▼ ▼ ▼ ▼ ▼

18. Cf. KRISTEVA, Julia, *La révolution du langage poétique*.
19. ALTHUSSER, *op. cit.*, p. 32.

Certos estudos acerca da ideologia da crítica literária perdem sua eficácia justamente porque seus autores se apresentam como sujeitos donos da Verdade[20]. Como diz o mesmo Althusser[21], a verdade pode ser *voile* nos dois sentidos da palavra: véu e vela (de navio). Véu que encobre a realidade, na medida em que o próprio conceito de verdade é ideológico, mas também vela que nos impele para mais longe.

Aceitemos, pois, que nosso discurso seja mais um véu da ideologia, mas esperemos que ele ajude a efetuar um deslocamento, desvendando certas velhas realidades e contribuindo para o desvendamento de novas. O simples ato de desmistificar o velho que parecia verdadeiro abre a possibilidade de colocar em questão o "verdadeiro" atual.

4. Arte e ciência: os dois caminhos da crítica

Diante dos textos modernos, dos textos-limite da vanguarda, a crítica se vê forçada a abandonar qualquer pretensão a uma interpretação unitária e exclusiva, perdendo assim uma de suas funções tradicionais, a função explicadora. Ela se vê igualmente obrigada a renunciar aos estudos voltados para o autor, sua personalidade, sua biografia, já que nesses textos o sujeito é apenas um sujeito de enunciação, fator e produto do próprio enunciado.

A crítica, no sentido tradicional do termo, se torna *impossível*, simplesmente porque o antigo objeto, ao qual seus con-

▼ ▼ ▼ ▼ ▼

20. É o caso da maioria dos artigos contidos em "L'idéologie dans la critique littéraire", *Action Poétique*, n° 53, cujos autores tomam a atitude de censores insuspeitos da ideologia alheia, não manifestando nenhuma desconfiança sobre o caráter ideológico de tal veleidade e de tanta auto-suficiência.
21. Quinta aula do curso proferido na École Normale Supérieure, 1967-68, Nice, 1968, p. 21 (mimeogr.).

ceitos e métodos estavam mais ou menos adequados, deixou de existir. Ela se vê então constrangida a uma mudança radical, sob pena de se constituir como um discurso inócuo e retardatário, tão museológico quanto os "monumentos da literatura" aos quais ela ainda se aplicaria; um discurso que tentaria, inutilmente, reduzir o texto às categorias que serviam à leitura e à interpretação das antigas obras literárias.

Optando pela modernidade, restam à crítica duas possibilidades. A primeira é *científica*. Armada com o aparato conceitual e metodológico da semiologia, a crítica pode descrever os textos. Ela construirá modelos ou *grilles* que permitirão uma ou mais leituras de um texto, graças ao esclarecimento de seu código e das leis de seu funcionamento. Teremos então uma metalinguagem cada vez mais formalizada, cada vez menos verbal e discursiva.

O outro caminho é o da *escritura*, que privilegiará a produção de novos sentidos sobre a reprodução de sentidos prévios, que, em vez de apenas ajudar a ler (a decifrar), dar-se-á à leitura como um novo ciframento. Esse discurso, constituído não como uma utilização instrumental da linguagem verbal mas como uma aventura no verbo, não será uma metalinguagem mas entrará, em pé de igualdade com o discurso poético, na "circularidade infinita da linguagem" (Barthes).

Entre esses dois pólos, situam-se os discursos ancorados nas ciências humanas. Esses discursos utilizam a linguagem como instrumento de conhecimento e, como tal, não pertencem mais a uma área especificamente literária, tendendo a ser anexados às diferentes ciências sobre as quais se apóiam, como aplicações dessas ciências a um domínio particular da atividade humana.

Constituindo um domínio intermediário, do ponto de vista da linguagem, entre a descrição formalizada e a escritura, esses discursos dependem de e se orientam para um certo *saber* situado para além do texto. Os dois caminhos a que nos referimos (semiologia e escritura) agarram-se ao próprio texto, um porque visa a mais imanente das leituras (a modelização) e o outro porque se arrisca na experiência plena da linguagem que é a da poesia, enraizando-se no texto primeiro como uma segunda floração.

À primeira vista, esses dois caminhos da crítica são apenas o rosto atual de uma antiga dualidade. De certo modo, a crítica sempre oscilou entre o pólo da ciência e o da arte. Sua história nos mostra a passagem cíclica de uma atitude à outra, segundo a valorização ocasional da função cognitiva ou da função estética.

Essa antiga dualidade – arte e ciência – se encontra atualmente reformulada de modo muito menos radical, menos mutuamente exclusivo. Desde que Einstein mostrou que "toda descoberta é de essência combinatória", o conceito de *descoberta* (e com ele o conceito de ciência) transformou-se completamente. Para os cientistas de hoje, descobrir não é mais desvendar algo que estava encoberto na realidade, mas *inventar* novas relações entre dois conceitos científicos. De fato, se numerosos cientistas se encontram, ao mesmo tempo, em posse de determinados dados, e só alguns (um Einstein, um Fleming) fazem grandes "descobertas", isto ocorre porque só estes foram capazes de inventar novas relações entre esses dados. Nesse sentido, o grande cientista não é um descobridor mas um criador, como o grande artista[22].

O colóquio promovido em Cerisy-la-Salle em 1970, sobre o tema *Art et science: de la créativité*, ocasionou debates extremamente interessantes a esse respeito. Na abertura

▼ ▼ ▼ ▼ ▼

22. "A arte é uma ciência que se ignora" (Pirandello).

do encontro, Jacques Bertrand colocou a questão fundamental: "Ou se reconhece em *toda* criação um processo puramente construtivo e assim se opta por uma ontologia formal, ou então se concede aos objetos das descobertas ou das invenções uma realidade por assim dizer inteira e se importa uma metafísica da substância."[23] Trata-se portanto de aceitar que a ciência é exclusivamente uma questão de "forma", de combinatória (atitude pós-einsteiniana), ou de optar por uma atitude metafísica diante da realidade, situando nessa realidade uma verdade substancial. "A ciência moderna – diz ainda Jacques Bertrand – substituiu a noção tradicional de causalidade por uma noção de *dependência funcional*, que tem a vantagem de eliminar as dificuldades intencionais ligadas à identidade."[24]

Numerosos testemunhos de cientistas presentes ao colóquio vieram comprovar a atualidade dessa posição. Anne Huwald assim sintetizou a situação da física: "Há atualmente um certo número de antinomias com as quais a física teórica tenta debater-se. Quem tentasse resolver essa antinomia, faria o quê? Ele deveria encontrar relações até hoje não utilizadas na física teórica, as quais permitiriam unificar essa física, que atualmente não está unificada. O que vai ser uma criação, o que vai ser novo, são as teorias unificadoras da física. Os dados serão sempre aqueles com os quais todos trabalham atualmente, mas o que será indiscutivelmente a novidade é o relacionamento dos dados até hoje não colocados em relação. Parece-me que toda criação é dessa natureza."[25]

▼ ▼ ▼ ▼ ▼

23. *Art et science: De la créativité*, p. 17.
24. *Id.*, p. 11.
25. *Id.*, p. 34.

A mesma pesquisadora, que anteriormente se dedicou à biologia, lembrou o modo como ocorreu a descoberta da penicilina. Como outros pesquisadores, ela ficava contrariada com o aparecimento de "cogumelos" em suas culturas, e jogava fora essas culturas "estragadas", na esperança de obter uma cultura "pura". Ora, Fleming prestou atenção a esses cogumelos, achou-os interessantes, diferentes (uma atenção que quase poderíamos chamar de estética), e foi assim que acabou descobrindo a penicilina.

A modernidade está operando profundas revoluções em todos os campos, e o resultado é que esses campos não podem mais ser separados em compartimentos estanques como antigamente, mas se revelam intercomunicantes e orientados de modo similar. Se no nosso campo (na esteira de Maurice Blanchot) atestamos um desaparecimento da "literatura" e da "arte" em geral, os cientistas também se dão conta de que a velha "ciência" morreu. E a atitude dos cientistas é muito menos saudosista do que a dos estetas. Enquanto muitos destes continuam se lamentando porque a "arte" morreu, os cientistas avançam para essa outra coisa que tomou o lugar da ciência.

Assim, no mesmo colóquio, o químico Jean Jacques dizia a Bernard Mathonnat, da Escola de Belas-Artes: "Quando Mathonnat diz estar angustiado porque acredita que as belas-artes estão liquidadas, creio que todos os cientistas e todos os químicos têm exatamente a mesma sensação diante do que eles ainda não fizeram. Estamos exatamente na mesma posição diante da ciência de amanhã que a arte diante da arte de amanhã."[26] E lembramo-nos de Maurice Blanchot: "Aquilo para que avançamos não é talvez de modo algum o que o futuro real nos dará. Mas aquilo para que avançamos é pobre e

▼ ▼ ▼ ▼ ▼

26. *Id.*, pp. 72-3.

rico de um futuro que não devemos imobilizar na tradição de nossas velhas estruturas."[27]

Manter a distinção entre conhecimento científico e conhecimento estético é uma atitude típica do século XIX. Assim, a reivindicação de alguns teóricos por uma "ciência da literatura" é freqüentemente uma exigência superada, baseada numa concepção já morta da ciência. A ciência contemporânea, fundada na criatividade e na invenção, está mais próxima da arte do que nunca.

Para os críticos literários, como para os pesquisadores científicos, a questão que se coloca não é mais a de descobrir, objetivamente, realidades substanciais, mas de inventar relações na "realidade" da obra (assim como a obra inventa relações na "realidade" do mundo). O que Jean Ricardou coloca muito bem: "Ler é produzir por demonstração relações num texto."[28]

Produzir relações por demonstração é exatamente o que faz a ciência contemporânea. Respondendo a Niels Bohr, Einstein definiu muito claramente a "realidade" a que pode aspirar a ciência: "O 'Ser' é sempre algo mentalmente construído por nós, algo que colocamos livremente (no sentido lógico); a justificação de tais construções não reside em sua derivação a partir daquilo que é dado pelos sentidos. Tal tipo de derivação (no sentido de dedutibilidade lógica) não pode ser encontrado em parte alguma, nem mesmo no domínio do pensamento pré-científico. A justificação das construções que representam a 'realidade' reside para nós

▼ ▼ ▼ ▼ ▼

27. *Le livre à venir*, p. 297.
28. *Art et science: De la créativité*, p. 127. É exatamente o que dizia Barthes da atividade estruturalista: "verdadeira fabricação de um mundo que se parece com o primeiro, não para copiá-lo mas para torná-lo inteligível" (*Essais critiques*, p. 215).

unicamente em sua propriedade de tornar inteligível o que é dado sensorialmente."[29]

Existe portanto algo em comum nas expectativas e nos procedimentos dos cientistas e artistas de hoje: a mesma atitude da "realidade" e da "verdade" como produtos da invenção.

Diante dessa "realidade" (do mundo como da obra literária), a invenção pode, no entanto, exercer-se de dois modos: de modo lógico, abstrato, ou de modo empírico, concreto. No primeiro caso, teremos um procedimento científico, no segundo, um procedimento estético e, nesse sentido, podemos ainda considerar como válidas as colocações de Kant. Somente, em vez da oposição kantiana *conhecimento-julgamento*, preferimos usar os termos *conhecimento lógico* e *conhecimento experimental* (já que a palavra *julgamento* tomou, na modernidade, conotações pejorativas, suspeitas, como tudo o que se refere à moral).

Esses dois modos de invenção (lógica e experimental) caracterizam, na crítica atual, o caminho semiológico e o caminho da escritura. Coloca-se então a pergunta: sendo a crítica experiência do particular, pode haver um conhecimento lógico desse particular, isto é, pode haver uma crítica semiológica? Pelo seu caráter lógico, modelizador, a semiologia da literatura tende para o abstrato, para o geral, portanto para a teoria da literatura mais do que para sua crítica.

Resta saber se a escritura dá acesso a um conhecimento (sem o qual também não se poderia falar em crítica literária), e de que tipo de conhecimento se trata. As perguntas que se colocam são então as seguintes: podemos falar de um conhecimento que não seja um *saber*? um discurso poético-cognitivo é possível? uma crítica-escritura pode existir?

▼ ▼ ▼ ▼ ▼

29. SCHILPP, Arthur, *Albert Einstein, Philosopher, Scientist*. New York, The Library of Living Philosophers, 1951.

Responder provisoriamente a essas perguntas é o próprio objetivo de nosso trabalho. Elas não serão respondidas através do concreto, mas a partir de uma demonstração de possibilidade. Nosso discurso será primeiramente teórico, portanto com pretensões (modestas) a uma certa objetividade científica.

Para ilustrar nossas considerações sobre a face atual do problema tratado neste capítulo, achamos esclarecedor um paralelo histórico que tem sido esboçado recentemente, sobretudo com respeito à oposição de duas fases de Barthes: fase semiológica e fase do "prazer do texto".

No fim do século XIX, a dupla opção da crítica (ciência ou arte) tomou a forma de concorrência entre o positivismo e o impressionismo (Taine e Lemaitre). Um paralelo entre essas duas posições e as posições modernas da crítica semiológica (como crítica científica) e da crítica-escritura (como crítica estético-hedonista) parece, à primeira vista, possível.

Entretanto, as diferenças são relevantes. Primeiramente, no que concerne à *verdade*: nem um nem outro dos caminhos críticos atuais têm, no seu horizonte, a verdade ou a realidade. Além disso, nos dois caminhos atuais, a noção de sujeito se esfuma ou se perde. No positivismo e no impressionismo, havia a ambição de alcançar uma verdade (objetiva ou subjetiva), e em ambos os tipos de crítica constituíam-se sujeitos plenos (o sujeito do saber e o sujeito do prazer).

A questão do desaparecimento do sujeito coloca-se entretanto diferentemente na semiologia e na escritura: na primeira, o sujeito se oculta sob uma pretensa objetividade, na segunda, ele se subverte e se coloca em questão.

Na semiologia, ele se esfuma como sujeito "neutro" e "objetivo". A linguagem rigorosamente formalizada não deixa lugar para a constituição de um sujeito particular. Na escritura, o sujeito individual cede seu lugar a um sujeito de enunciação que se constitui e se deconstitui incessantemente, em seu próprio trabalho, colocando em situação de crise (em situação crítica) o sujeito subjetivo e todo o contexto em que irrompe seu texto.

As implicações ideológicas desses dois modos de "desaparecimento" do sujeito são importantes. O discurso "sem sujeito" da semiologia corre o risco de ser útil à ideologia dominante. Como dizíamos anteriormente, um sinal inquietante desse perigo é a absorção bastante rápida dos novos métodos semiológicos pelas instituições de ensino. Essas instituições acham certamente cômodo que uma descrição cada vez mais sofisticada dos textos literários adie indefinidamente as questões delicadas da significação, do contexto e do valor. Enquanto réplica representativa, enquanto "factício", essa descrição se inscreve, de certo modo, na tradição instrumental da crítica.

Na escritura, pelo contrário, o sujeito arrasta em sua autocrítica todo o seu contexto existencial. Esse gênero de prática não encontra por isso boa acolhida nas instituições, que nela pressentem um perigo para a pedagogia como continuidade reprodutiva.

O sujeito do saber se recupera, o sujeito do prazer se perde. No século XIX, este último se perdia sem risco para o sistema: o crítico impressionista reivindicava um prazer individual, original, freqüentemente raro. A elite intelectual dos homens de "bom gosto" constituía-se numa espécie de marginalidade, e a marginalidade é um lugar do sistema, sua válvula de escape. O sujeito da escritura, pelo contrário, não cultiva um prazer individual enraizado numa personalidade, ele faz explodir a linguagem num prazer crítico que é propriamente irrecuperável[30]. Numa sociedade baseada na aquisição e no acúmulo (de bens, de cultura) ele ousa o prazer como perda, como puro gasto[31].

▼ ▼ ▼ ▼ ▼

30. Se a experiência da escritura é irrecuperável, um certo discurso sobre a escritura (o nosso, por exemplo) é ele próprio recuperado pelo sistema (aqui o universitário) sob forma de jargão especializado. Eis por que tal discurso não deve eternizar-se, reproduzindo-se indefinidamente. Sua única justificativa é de empurrar os leitores (de se empurrar ele próprio) para uma escritura futura, e calar-se então como discurso especializado.
31. Cf. BATAILLE, Georges, "La notion de dépense", in: *La part maudite*, Paris, Minuit, 1967.

CAPÍTULO II

CRÍTICA E ESCRITURA

> "Passer de la lecture à la critique, c'est changer de désir, c'est désirer non plus l'oeuvre, mais son propre langage. [...] La critique n'est qu'un moment de cette histoire dans laquelle nous entrons et qui nous conduit à l'unité – à la vérité de l'écriture."★
>
> ROLAND BARTHES,
> *Critique et vérité*, p. 79.

1. A noção de escritura

Antes de empreender qualquer definição da *escritura*, devemos munir-nos de certas precauções: trata-se de um conceito (abstrato) operatório que não pode nem pretende recobrir exatamente nenhuma obra ou trecho de obra concretos. Menos (ou mais?) do que um conceito, trata-se de um conjunto de traços que permitem distinguir, em determinados textos, um aspecto propriamente indefinível como uma totalidade[1].

O introdutor do termo, no sentido específico em que aqui o utilizaremos, foi Roland Barthes. Em *Le degré zéro de l'écriture* – obra cujo espantoso avanço se pode agora avaliar, a mais de vinte anos de distância (os primeiros textos são de 1947, a publicação de 1953) – Barthes define a escritura como uma realidade formal situada entre a língua e o estilo

▼▼▼▼▼

★ "Passar da leitura à crítica é mudar de desejo, é desejar, não mais a obra, mas sua própria linguagem [...] A crítica é apenas um momento dessa história, na qual entramos e que nos conduz à unidade – à verdade da escritura."
1. A própria busca de uma totalidade é característica dos encaminhamentos idealistas e, como tal, alheia à prática da escritura.

e independente de ambos. A língua é "um corpo de prescrições e de hábitos, comum a todos os escritores de uma época", um código aquém da literatura. O estilo é uma herança do passado individual do escritor, uma "linguagem autárcica", um conjunto de automatismos artísticos que nascem da mitologia pessoal e secreta do autor: "O estilo é propriamente um fenômeno de ordem germinativa, ele é a transmutação de um Humor." A escritura é a relação que o escritor mantém com a sociedade, de onde sua obra sai e para a qual se destina, "a reflexão do escritor sobre o uso social de sua forma e a escolha que ele assim assume". "A escritura é pois essencialmente a moral da forma, a escolha da área social no seio da qual o escritor decide situar a Natureza de sua linguagem."[2]

Desde já ressalte-se o seguinte: *a escritura é uma questão de enunciação*. Este ponto nos parece fundamental porque, como veremos, é o que se manterá estável nas sucessivas redefinições barthesianas da escritura.

Já no *Degré zéro*, portanto, Barthes nos diz que a escritura é uma questão de tom, de recitação (*débit*), de finalidade, de moral. A escritura é, ao mesmo tempo, uma modulação da fala e uma modalidade ética. Escritores contemporâneos dispõem da mesma língua, vivem a mesma história, mas podem ter escrituras totalmente diferentes porque a escritura depende do modo como o escritor vive essa história e pratica essa língua.

Se a distinção entre língua e escritura nos parece clara (ela se afilia à distinção saussuriana de língua e fala), o destrinçamento do estilo e da escritura coloca problemas, pelo menos no *Degré zéro*. Voltaremos mais adiante a esse proble-

▼ ▼ ▼ ▼ ▼

2. "Qu'est-ce que l'écriture?", in: *Le degré zéro de l'écriture*, pp. 11 ss. Trad. bras. *O grau zero da escrita*. São Paulo, Martins Fontes, 2000.

ma. Por enquanto, basta-nos pensar na dificuldade de imaginar que estilos semelhantes possam corresponder a escrituras totalmente diversas. Se o estilo é "a transmutação de um Humor", parece-nos difícil que humores semelhantes produzam relações muito diversas entre os escritores e o mundo (e essa relação é a escritura definida no *Degré zéro*).

A escritura seria facilmente definível se se tratasse apenas de um compromisso do escritor com sua história. Na verdade, esse compromisso é ambíguo: "Assim, a escritura é uma realidade ambígua: por um lado, ela nasce incontestavelmente de uma confrontação do escritor com a sociedade; por outro, ela remete o escritor, por uma espécie de transferência trágica, às fontes instrumentais de sua criação. Não podendo fornecer-lhe uma linguagem livremente consumida, a história lhe propõe exigência de uma linguagem livremente produzida."[3]

Entre a história e a tradição, a escritura goza de uma liberdade produtiva ao mesmo tempo que se submete a uma lembrança (reprodutiva). "A escritura é precisamente esse compromisso entre uma liberdade e uma lembrança, ela é essa liberdade rememorante que só é liberdade no gesto da escolha, mas já não o é em sua duração."[4] A questão da transitoriedade da escritura (que não pode sobreviver na repetição) é também uma constante que se manterá nas colocações futuras.

Presa entre dois tempos, a escritura está igualmente amarrada a dois objetivos aparentemente contraditórios: dizer a história (voltar-se para o mundo) e dizer a literatura (voltar-se para ela mesma). A auto-reflexividade da escritura implica,

▼ ▼ ▼ ▼ ▼

3. *Id.*, p. 16. É nessa preocupação com a ambigüidade da escritura que Barthes vai além das colocações de Sartre, cujo pensamento está na origem do *Degré zéro*.
4. *Id.*, p. 16.

ao mesmo tempo, renunciar a um referente e a um destinatário exteriores. A escritura não é uma forma de comunicação: "A escritura não é, de modo algum, um instrumento de comunicação [...], é uma linguagem endurecida que vive sobre ela mesma e não tem, de modo algum, a tarefa de confiar à sua própria duração uma série móvel de aproximações mas, pelo contrário, a de impor, pela unidade e sombra de seus signos, a imagem de uma fala construída bem antes de ser inventada."[5] Nesse ponto se evidenciam as diferenças entre a fala, estudada pela lingüística, e a escritura. A fala é instrumental, a escritura não, e este ponto (já firmemente estabelecido no *Degré zéro*, como atestam os "de modo algum") será radicalizado nos escritos subseqüentes de Barthes.

Em plena fase estruturalista, Barthes retoma a definição de escritura, num texto fundamental dos *Essais critiques*: "Ecrivains et écrivants." O que aí se coloca é a distinção entre escritores que escrevem algo (*écrivants*) e escritores que escrevem, ponto final (*écrivains*); entre uma escritura transitiva, portadora de mensagem (*écrivance*), e uma escritura intransitiva, produtora de sentidos (*écriture*). Traduziremos esses termos (pela ordem) da seguinte forma: escreventes, escritores, escrevência, escritura.

Os enunciados que se apresentam como portadores de uma mensagem, por mais bem escritos que sejam, isto é, por melhor que seja seu estilo, são doravante relegados para fora da escritura, característica do enunciado que vale por ele mesmo antes de tudo, e que só transmite algo indiretamente, por acréscimo.

As coisas se complicam então notavelmente. Um autor profundamente engajado em sua história pode ser um mero escrevente, se seu engajamento fundamental não se travar

▼ ▼ ▼ ▼ ▼

5. *Id.*, p. 18.

com a própria linguagem. Portanto, a relação com a sociedade já não basta para caracterizar a escritura. Por outro lado, deduzimos que existe um estilo para a escrevência e outro para a escritura. Mais precisamente: o estilo da escritura é único e irrepetível, enquanto os estilos da escrevência se repetem: "O escrevente não exerce nenhuma ação técnica sobre a fala; ele dispõe de uma escrita comum a todos os escreventes, espécie de *koïnè* na qual se pode, certamente, distinguir dialetos (por exemplo: marxista, cristão, existencialista), mas muito raramente estilos."[6] Mais uma vez verificamos que a definição do estilo e de seu lugar nessas distinções é o problema mais espinhoso da teoria barthesiana.

De qualquer modo, o que se torna claro é o objetivo da escritura, que no *Degré zéro* se colocava em termos de duplicidade ambígua, e agora se radicaliza numa direção: "Escrever é ou projetar ou terminar, mas nunca, 'exprimir'; entre o começo e o fim, falta um elo que poderia entretanto ser considerado como essencial, o da própria obra; escreve-se talvez menos para materializar uma idéia do que para esgotar uma tarefa, que traz em si mesma sua própria felicidade."[7]

Escrever é praticar uma linguagem indireta, cuja ambigüidade não é de fim mas de fato. A escritura parece constituída para dizer algo, mas ela só é feita para dizer ela mesma. Escrever é um ato intransitivo. Assim sendo, a escritura "inaugura uma ambigüidade", pois mesmo quando ela afirma, não faz mais do que interrogar. Sua "verdade" não é uma adequação a um referente exterior, mas o fruto de sua própria organização, resposta provisória da linguagem a uma pergunta sempre aberta.

▼ ▼ ▼ ▼ ▼

6. *Essais critiques*, p. 151.
7. *Id.*, p. 10.

À medida que Barthes afina seu ouvido para o inconsciente, a distinção entre estilo e escritura, esboçada no *Degré zéro*, sofre alguns deslocamentos. Suas redefinições nos permitem ver por que o estilo (como valor isolado) está do lado da escrevência, enquanto na escritura o estilo se transmuta em algo diverso: "O estilo supõe e pratica uma oposição do fundo à forma; é o revestimento de uma substrução; a escritura acontece no momento em que se produz um escalonamento tal dos significantes que nenhum fundo de linguagem pode mais ser localizado; porque ele é pensado como uma 'forma', o estilo implica uma 'consistência'; a escritura, para retomar uma terminologia lacaniana, só conhece 'instâncias'."[8] O caráter transitório da escritura, já assinalado no *Degré zéro*, encontra aqui uma fundamentação psicanalítica.

Explicando por que Sade, Fourier e Loyola não são pensadores mas escritores, no sentido forte do termo, Barthes observa: "De qualquer modo que se julgue seu estilo, eles insistem, e nessa operação de pensamento e de impulso (*poussée*), nunca se detêm em parte alguma; à medida que o estilo se absorve em escritura, o sistema se desfaz em sistemática, o romance em romanesco, a oração em fantasmática [...] em cada um deles sobra apenas um cenógrafo, aquele que se dispersa através dos suportes que finca e escalona indefinidamente."[9]

Ora, em 1963, Barthes comparava Sade e Bataille nos seguintes termos: "A linguagem erótica de Sade não tem outra conotação senão a de seu século, é uma escritura; a de Bataille é conotada pelo próprio ser de Bataille, é um estilo."[10] Esta afirmação decorre das colocações do *Degré zéro*. Nessa pri-

▼ ▼ ▼ ▼ ▼

8. *Sade, Fourier, Loyola*, p. 11.
9. *Id., ibid.*
10. "La métaphore de l'oeil", in: *Essais critiques*, p. 245.

meira obra, a escritura aparecia como uma escolha moral consciente e compromissada com a história, enquanto o estilo parecia provir dos recônditos mais secretos e individuais do escritor, "espécie de rebento floral (*poussée florale*)", "termo de uma metamorfose cega e obstinada, partida de uma infralinguagem que se elabora no limite da carne e do mundo"[11]. Essa definição do estilo poderia aplicar-se atualmente à escritura (veja-se a migração da palavra *poussée*). A explicação parece ser a da descoberta barthesiana posterior, segundo a qual *a escritura é a radicalização de um estilo, numa fusão de pensamento e impulso inconsciente.*

A valorização progressiva do inconsciente nos textos de Barthes leva-o assim a uma sutil reformulação dos problemas da escritura. O estilo, mero revestimento formal, passa a ser conotado negativamente como atributo da escrevência.

Em seu seminário de 1973-74, Barthes avançou a hipótese de que, em determinados casos, o estilo pode transformar-se em escritura graças a certas emergências do inconsciente numa enunciação consciente. Comentando um texto de Freud[12] em que a escrevência científica acede a algo muito próximo da escritura, Barthes observou que se trata de um texto radical, que substitui um real a outro; tendo partido de um real patológico (a psicose da paciente), Freud acaba por criar um real de linguagem e só este subsiste. O delírio paranóico narrado é vencido pelo delírio do próprio Freud, que se instala como real contra o "imaginário"[13] da escrevência científica. Essa emergência de um inconsciente

▼▼▼▼▼

11. *Le degré zéro de l'écriture*, p. 12.
12. "Rapport sur un cas de paranoïa allant à l'encontre de la théorie psychanalytique", *Revue Française de Psychanalyse*, 1935.
13. O termo é aqui usado no sentido lacaniano: imaginário = inconsciência do inconsciente.

individual num discurso de saber já ocupara a atenção de Barthes, no caso de Michelet[14].

A escritura ocorre onde há enunciação, e não uma mera seqüência de conceitos. Um discurso de puro saber pode passar à escritura quando sofre um "ataque de paranóia" e é atravessado por uma "lufada de enunciação"[15].

No mesmo seminário, Barthes sugeriu que o estilo pode ser um começo de escritura, na medida em que nele emerja uma enunciação forte, acentuada, que constitui uma verdadeira volta da libido reprimida pelo discurso da escrevência, castrativo e totalitário. Podem então aparecer palavras ou grupos de palavras que realizem a fusão do sapiencial com o existencial, do consciente com o inconsciente: *idéias-palavras* ou *pensamentos-palavras*, "palavras que têm ar de pensar". Estaríamos então numa "ordem da enunciação em que a frase seria o álibi das palavras, e o pensamento a ficção das palavras".

O que aí se questiona é o lugar do corpo na escritura, problema que vem ganhando progressiva importância nos textos de Barthes. Num artigo recente, ele estabelece a distinção entre fala e escritura introduzindo um terceiro termo, a escrição (ou transcrição). Escrever não é simplesmente emitir uma fala; mas também não é transcrever. Na fala, o corpo está demasiadamente presente; na transcrição, ele está demasiadamente ausente. Ora, na escritura, o corpo (a voz) volta por uma via indireta, medida, justa, musical[16].

Resta um problema importante da escritura, por ora não elucidado (se é que algum dia o possa ser): é o da recepção. O

▼ ▼ ▼ ▼

14. *Michelet par lui-même*, 1954.
15. Nos últimos dois parágrafos, transcrevemos nossas anotações de seminário, assumindo pois toda a responsabilidade quanto às possíveis infidelidades desse tipo de notas.
16. "De la parole à l'écriture", *La Quinzaine littéraire*, 1º a 15 de março de 1974.

texto só é escrito na medida em que é lido, e uma leitura sensível ao escriptível do texto pode transformá-lo em texto de escritura[17]. Há textos em que não se percebia a escritura até que alguém como Barthes a tornasse visível. É o caso de *Aziyadé*, de Pierre Loti, que na leitura de Barthes[18] revela aspectos antes nunca suspeitados. É o caso do texto de Freud acima referido. A aparição, neste texto, de uma expressão como *à l'heure du berger* podia ser, no tempo de Freud, um simples lugar-comum estilístico que, para nossa leitura atual, toma ares de índice de escritura. Para resolver esse tipo de questão, Barthes prefere arriscar a afirmação de que é escritura tudo o que pode ser lido como tal, ou tudo o que se abre à escritura de outro.

Do *Degré zéro* ao *Plaisir du texte*, podemos perceber uma mudança na noção de escritura, numa evolução que se delineia não por contradição mas por contínuo deslocamento.

A definição do *Degré zéro* tem amarras fundamentalmente sociológicas. Sem esquecer o compromisso da escritura com a literatura, Barthes estava então mais atento a seu compromisso com a história. A escritura é aí, antes de tudo, um engajamento consciente. As obras seguintes deslocarão pouco a pouco o problema, segundo um trajeto que não invalida ou esquece as colocações do *Degré zéro*, mas que faz variar a ênfase dada a um ou outro aspecto da enunciação.

Na fase estruturalista (sustentada teoricamente pela lingüística estrutural), a ênfase será colocada sobre a auto-reflexividade do enunciado poético, atitude próxima da teoria jakobsoniana, mas que já se anunciava no *Degré zéro* como alusão àquela "transferência que remete o escritor às fontes de sua criação".

▼ ▼ ▼ ▼ ▼

17. Cf. S/Z, p. 10: *legível e escriptível*.
18. *Nouveaux essais critiques*, p. 170.

Na fase atual (fase do *Plaisir du texte*), o que se ressalta é a travessia da escritura pelas pulsões inconscientes, a inscrição, no texto, do próprio corpo do escritor. Isto também já se anunciava no *Degré zéro*, na observação de que a escritura parece sempre "simbólica, introvertida, virada ostensivamente para o lado secreto da linguagem"[19].

Retomando, de modo esquemático, as últimas considerações de Barthes, poderíamos propor um quadro, lembrando sempre o caráter meramente operatório desse levantamento de traços. Escritura e escrevência constituem, segundo Barthes, um paradigma de avaliação no sentido nietzschiano, isto é, um modelo prévio à crítica propriamente dita[20].

	Escritura	**Escrevência**
objetivo:	linguagem (intransitiva)	mundo (transitiva)
sentido:	significância (pluralidade)	verdade (unidade)
tipologia discursiva:	– primazia da enunciação – não permite mudança de significantes	– primazia do que é enunciado – permite mudança de significantes (resumo, paráfrase)
tópica:	pensamentos-palavras (objetos sensuais)	palavras recobrindo pensamentos (conceitos)
lógica:	paradoxo	*doxa*
psique:	libido (prazer)	superego (castração)
sociedade:	marginalidade utópica	instituição
tempo:	presente-futuro	presente-passado
sujeito:	*fading*	consistência

▼ ▼ ▼ ▼ ▼

19. *Le degré zéro de l'écriture*, p. 11.
20. Em seu seminário, Barthes recusava, como algo descabido, que se usasse o termo escritura para conceder "prêmios" a determinados textos e recusá-los a outros.

2. Escritura e discurso poético

Os traços distintivos da escritura, tal como se encontram alinhados no quadro da página anterior, apresentam algumas semelhanças com as características do discurso poético definidas, na linhagem do formalismo russo, por Roman Jakobson e, posteriormente, por Iouri Lotman.

A teoria bem conhecida de Jakobson, acerca da função poética da linguagem[21], recobre um objeto mais amplo do que aquele visado por uma teoria da escritura, na medida em que esta se refere apenas a um tipo de discurso escrito. Entretanto, esse tipo de discurso escrito, definido (de modo voluntariamente fragmentário) por Barthes sob o nome de escritura, se abre para algo que está fora do alcance da ciência lingüística, e até mesmo de uma teoria do discurso tributária da lingüística e submissa a seus pressupostos e métodos. É o que nos mostrará um cotejo da "teoria" barthesiana da escritura com a teoria jakobsoniana do discurso poético.

Consideremos, inicialmente, as semelhanças. Jakobson encontra as mesmas dificuldades para definir as fronteiras entre obra poética e não-poética que Barthes para distinguir o que é texto de escritura do que não é: "A fronteira que separa a obra poética da que não é obra poética é mais instável do que a fronteira dos territórios administrativos da China", escrevia Jakobson em 1933-34[22]. Se hoje as fronteiras chinesas estão mais definidas, o mesmo não se pode dizer das fronteiras poéticas, embora a "revolução cultural" efetuada por

▼▼▼▼▼

Considerar a escritura como um valor localizável e aprisionável de modo definitivo é contrariar todas as colocações barthesianas a esse respeito.
21. Teoria desenvolvida especialmente em "Linguistique et poétique", in: *Essais de linguistique générale*.
22. "Qu'est-ce que la poésie?", in: *Questions de poétique*, p. 114.

Jakobson nesse território tenha contribuído notavelmente a precisá-las.

Alguns traços da "coluna vertebral" da poesia foram revelados pelo "raio X" de Jakobson (para utilizar suas próprias metáforas), quando este definiu a característica fundamental da mensagem poética: seu caráter intransitivo, sua inseparabilidade em termos de forma e conteúdo, a ênfase posta pela mensagem em si mesma, sua autodesignação, sua auto-referência, em suma, seu caráter auto-reflexivo.

Como vimos, esses são igualmente traços da escritura barthesiana. Um enunciado de *escritor* é um enunciado com as características acima lembradas. Entretanto, no que se refere à enunciação, um progressivo deslocamento vem se verificando nos textos de Barthes. Se ele continua dando a primazia ao *enunciado* com relação *àquilo que é enunciado* (ao significante sobre o significado), no enunciado ele privilegia as *marcas da enunciação*. Isto significa que, no processo de enunciação, Barthes acentua o papel do *sujeito da enunciação*, sem as marcas do qual nenhum enunciado pode ser considerado como escritural.

Ora, em Jakobson, o que é ressaltado é uma das possibilidades da linguagem ela mesma, sua virtualidade poética, isto é, uma de suas funções latentes, a da auto-reflexividade. O sujeito poético aparece, em sua teoria, como um simples desencadeador dessa função latente da linguagem.

Uma consideração apressada levaria a afirmar que a valorização do sujeito da enunciação por Barthes o leva a ligar a função poética ao que Jakobson chama de função emotiva, mais do que às outras funções da linguagem[23].

▼ ▼ ▼ ▼ ▼

23. É o que leva alguns a dizer, impropriamente, que Barthes está cada vez mais "subjetivo" e impressionista.

No *Degré zéro*, a escritura se ligava mais à função referencial (relação do escritor com o mundo). Na fase estruturalista, as propostas de Barthes estavam bastante próximas das de Jakobson, na medida em que aí se enfatizava a intransitividade da escritura. Atualmente, a escritura aparece como um refluxo da libido reprimida, a volta de um corpo na linguagem: "O prazer do texto comporta uma volta amistosa do autor; o autor que volta não é uma pessoa, é um corpo."[24]

O que volta, para Barthes, não é uma subjetividade, mas um *sujeito de escritura* cujas características não são nem as de um emissor lírico, nem as de um enunciador neutro, produto lingüístico do próprio enunciado. (Voltaremos mais adiante a esta questão do sujeito da escritura.)

A grande incompatibilidade entre as duas teorias decorre do fato de, no esquema de Jakobson, a linguagem ser encarada como meio de comunicação. Embora auto-reflexiva, a mensagem poética é algo que se transmite, num sistema harmonioso de emissão e recepção. A escritura, pelo contrário, embaralha as cartas do sistema de comunicação: ela produz uma significação circulante (significância) que não é de tipo informativo. A significância não tem nem ponto de partida nem ponto de chegada: ela circula, disseminando sentidos[25].

Outro ponto de atrito é a propria concepção da linguagem e de seu "uso". A escritura não é uma função da linguagem; ela é, justamente, desfuncionalização da linguagem. Ela

▼▼▼▼▼

24. *Sade, Fourier, Loyola*, p. 13.
25. Como se trata aqui de uma teoria da escritura, não nos cabe discutir agora até que ponto isso se realiza em termos concretos ou em que medida isso é utopia. A escritura como prática se situa naquela faixa limite entre o discurso logocêntrico de que ainda não podemos escapar e aquele discurso *outro*, ainda por vir, para o qual nos deslocamos passo a passo.

explora, não as "riquezas infinitas" de uma língua, mas seus pontos de resistência; ela força a língua a significar o que está além de suas possibilidades, além de suas funções.

Por todas essas razões, o esquema de Jakobson é plenamente aplicável à "literatura", isto é, ao discurso poético da era da representação. Por isso as funções da linguagem aí fixadas recobrem facilmente um esquema genérico (lírico, épico, dramático) ao qual a escritura escapa, não como um novo gênero, mas como subversão total das fronteiras discursivas, portanto do próprio conceito de gênero.

A teoria barthesiana da escritura também apresenta pontos de contato e pontos de divergência com as propostas de Lotman, síntese e atualização (à luz da lingüística, da teoria da informação e da semiótica contemporâneas) das teorias dos formalistas russos e de outros teóricos mais recentes (em particular Jakobson).

Segundo Lotman, o sistema poético é um sistema modelizante secundário com relação ao sistema da língua. Esse modelo se constrói segundo o modelo fundamental da linguagem: 1) porque a consciência humana é uma consciência lingüística; 2) porque o material poético é a própria linguagem.

Lotman propõe que se analise qualquer texto à luz das características seguintes: 1) a expressão (realização, encarnação material); 2) a delimitação (as línguas naturais são abertas, o texto é circunscrito a limites precisos); 3) o caráter estrutural (o texto tem uma organização interna própria).

No caso da poesia (tomando-se o termo em sentido largo), a expressão é constituída pelos signos de uma língua natural (português, francês, russo...); a delimitação depende do modo como o analista encara a obra e dos conceitos unificadores que utiliza (podemos considerar como objeto delimitado um poema, um livro, todos os livros de um autor, todos os livros de uma época, um gênero formal ou temático numa determinada época ou através do tempo etc.).

O caráter estrutural do texto poético é assim definido: "Uma estrutura artística complexificada, elaborada a partir do material da linguagem, permitindo transmitir um conjunto de informações cuja transmissão é impossível pelos meios de uma estrutura elementar propriamente lingüística. Disso resulta que uma determinada informação (conteúdo) não pode existir nem ser transmitida fora de uma determinada estrutura."[26]

Dessa definição se depreende que a informação poética não é propriamente *transmitida* (de um remetente a um receptor) mas é *produzida* na própria mensagem, não podendo existir fora desta. Diferentemente da comunicação utilitária, na informação poética o remetente (autor) é o agente desencadeador de uma informação gerada pela e na própria mensagem.

Dessa produção interna da mensagem decorre que ela não pode ser analisada e avaliada segundo um critério de "falso ou verdadeiro", mas segundo uma lógica de coexistência de sentidos, lógica esta unicamente interna. Lotman insiste no fato de que essa coexistência não é imóvel mas "cintilante", isto é, a mensagem poética tem uma dinâmica produtiva de sentidos.

Enquanto a mensagem da comunicação cotidiana é gerida por uma gramática (a da língua), a mensagem poética segue a gramática da língua e, ao mesmo tempo, produz suas próprias regras, sua própria gramática. Ainda mais, ela pode ser plurigramatical, produzindo-se em correlação com outras gramáticas, geradas por textos poéticos anteriores.

▼ ▼ ▼ ▼ ▼

26. *La structure du texte artistique*, p. 38.

Produtora de sua própria gramática, a mensagem poética transporta suas marcas sobre o próprio código artístico; cada nova obra modifica o código com sua nova proposta, o que, evidentemente, não acontece com o sistema da língua, onde uma fala não altera o código de modo imediato.

Uma teoria do discurso poético fundamentada na teoria da informação (como é o caso da de Lotman) entra forçosamente em choque com a teoria barthesiana da escritura, a qual recusa a principal colocação de Lotman: "a arte é um meio de comunicação"[27] ("a escritura não é, de modo algum, um instrumento de comunicação"[28]).

Entretanto, na medida em que Lotman caracteriza a informação artística como produzida pela própria mensagem, como alheia ao critério de verdadeiro/falso, como lugar de coexistência "cintilante" de sentidos, suas colocações coincidem com as de Barthes. Resta perguntar se tal tipo de mensagem ainda encontra lugar numa teoria da informação, que trabalha com os conceitos de transmissão de sentido e de comunicação puramente consciente de significados.

Insistindo nessa posição, Lotman insinua uma teoria do sujeito do discurso poético que não pode, de modo algum, ser identificado com o sujeito da escritura barthesiana. O sujeito de Lotman possui uma natureza profunda, expressa ou encontrada no discurso: "É precisamente o jogo, com seu comportamento biplanário, com sua possibilidade de transferência convencional em situações e realidades inabordáveis para um dado homem, que lhe permite encontrar sua própria natureza profunda. Antecipando um pouco, notemos

▼ ▼ ▼ ▼ ▼

27. *Op. cit.*, p. 33.
28. *Le degré zéro de l'écriture*, p. 18.

que, numa medida ainda maior, essa missão, absolutamente essencial para o homem, é preenchida pela arte."[29]

Em Barthes, a teoria do sujeito poético passa necessariamente pela psicanálise, na medida em que ela exige a consciência do inconsciente. Enquanto para Lotman "a arte ajuda o homem a determinar seu ser próprio"[30], para Barthes a escritura não determina (nem revela) um ser próprio, mas produz um sujeito em permanente crise e em permanente mutação (ou, como diz Kristeva, um sujeito "em processo"[31]).

A teoria do sujeito é portanto um ponto crucial das pesquisas sobre a linguagem poética, assim como de todas as pesquisas das ciências humanas: "O que se busca, de vários lados, é estabelecer uma teoria do sujeito materialista. Essa busca pode passar por três estados: ela pode primeiramente, tomando um velho caminho psicológico, criticar impiedosamente as ilusões de que se cerca o sujeito imaginário (os moralistas clássicos notabilizaram-se nessa crítica); ela pode em seguida — ou ao mesmo tempo — ir mais longe, admitir a vertiginosa cisão do sujeito, descrito como pura alternância, a do zero e de seu apagamento (isso interessa ao texto, já que, sem poder dizer-se nele, o gozo faz aí passar o arrepio de sua anulação); ela pode, enfim, generalizar o sujeito ("alma múltipla", "alma mortal") — o que não quer dizer massificá-lo, coletivizá-lo; e aqui também se reencontra o texto, o prazer, o gozo: 'Não se tem o direito de perguntar *quem afinal* é que interpreta?' É a própria interpretação, forma da vontade de poder, que existe (não como um 'ser', mas como um processo, um devir), como paixão (Nietzsche)."[32]

▼ ▼ ▼ ▼ ▼

29. *Op. cit.*, p. 107.
30. *Id.*, p. 108.
31. In: *Artaud*, Colloque de Cerisy, pp. 43-108.
32. *Le plaisir du texte*, pp. 97-8.

Comparando-se, pois, as teorias de Jakobson e Lotman com a de Barthes, encontramos alguns pontos de contato. Mas encontramos também pontos irreconciliáveis, porque a teoria do texto de escritura não pode abrigar-se totalmente nem à sombra da lingüística, nem à sombra da semiologia, nem à sombra da teoria da informação.

A teoria do texto não pode satisfazer-se com as propostas dessas ciências porque elas se baseiam numa concepção do signo como representação, e numa concepção do sujeito como representado. O sujeito dessas ciências é o *ego* cartesiano ou o *eu profundo* da psicologia.

A lingüística, que durante algum tempo seduziu os pesquisadores do texto de escritura, não pode prestar contas desse texto, quando mais não fosse porque o objeto dessa ciência (a língua) tem como maior unidade a oração. E uma teoria do discurso afiliada exclusivamente à lingüística e à lógica, considerando unidades maiores como a frase ou o período, amplia apenas seu objeto, conservando o mesmo caráter tecnicista, afirmativo, consciente, tranqüilo, representativo (em uma só palavra: idealista) das ciências nas quais se apóia.

A translingüística exigida pelo texto de escritura não é apenas uma questão de comprimento do enunciado ou de seu imbricamento lógico num conjunto maior, mas deve recobrir outras realidades que, por enquanto, escapam tanto à teoria do discurso como à lingüística. Essa realidade é a do inconsciente.

Ignorando o inconsciente e seu papel fundamental na produção do texto, a lingüística (como as ciências que dela dependem) permanece no campo do "imaginário" (no sentido lacaniano do termo: relação inventada pelo sujeito como defesa, por falta de uma sintaxe adequada ao "real").

Sendo o real o inconsciente, pode-se falar em um imaginário da ciência que o ignora, e a esse respeito vale a pena reler, em sua íntegra, as considerações de Barthes: "Bem situar os *imaginários da linguagem*, a saber: a palavra como unidade singular, mônada mágica; a fala como instrumento ou expressão do pensamento; a escrita como transliteração da fala; a frase como medida lógica, fechada; a própria carência ou a recusa de linguagem como força primária, espontânea, pragmática. Todos esses artefatos são arrepanhados pelo imaginário da ciência (a ciência como imaginário): a lingüística enuncia bem a verdade sobre a linguagem, mas somente nisto: '*que nenhuma ilusão consciente é cometida*': ora, esta é a própria definição do imaginário: a inconsciência do insconsciente. Já é um primeiro trabalho o de restabelecer, na ciência da linguagem, aquilo que só lhe é atribuído fortuita e desdenhosamente, ou ainda mais freqüentemente, recusado: a semiologia (a estilística, a retórica, dizia Nietzsche), a prática, a ação ética, o 'entusiasmo' (sempre Nietzsche). O segundo é recolocar na ciência aquilo que vai contra ela: aqui, o texto. O texto é a linguagem sem seu imaginário, é *o que falta à ciência da linguagem para que se manifeste sua importância geral* (e não sua particularidade tecnocrática). Tudo aquilo que é apenas tolerado ou radicalmente recusado pela lingüística (como ciência canônica, positiva), a significância, o gozo, é precisamente isso que retira o texto dos imaginários da linguagem."[33]

A teoria do texto de escrita (o que é uma tautologia, se usarmos *texto* no sentido forte que lhe dá Barthes) vai, portanto, além da teoria do discurso poético esboçada por lingüistas e semiólogos. Para dar esse passo além (o segundo, diz Barthes, aquele que coloca em crise a ciência lingüística e a semiologia), foi preciso que os teóricos do texto tivessem atravessado e superado a fase de fascinação científica. Daqui

▼ ▼ ▼ ▼

33. *Id.*, pp. 54-5.

para adiante, será preciso superar a fascinação da psicanálise como ciência, pois a experiência do inconsciente no texto coloca em questão a própria psicanálise enquanto ciência canônica e positiva. Se o segundo passo é a teoria do texto, o terceiro e definitivo é o da própria prática textual ou escritural, já que toda "teoria" tende à representação, ao imaginário.

3. Escritura e produção textual

É por assumir os problemas rejeitados (recalcados?) pelas ciências canônicas (lingüística, semiologia, informática) que a teoria da produção textual de Julia Kristeva coincide com a teoria barthesiana da escritura.

Kristeva substitui o conceito estático de *significação* pelo conceito dinâmico de *significância* (*signifiance*). A significação é aprisionada (ilusoriamente, imaginariamente) pelo sujeito em seu discurso e, como tal, pode ser comunicada a outro sujeito (intersubjetividade) sem perdas (ou acréscimos) importantes na informação. A significância, pelo contrário, é o sentido que excede ao discurso e ao sujeito, como produção infinita: "A significância, tornando-se uma infinidade diferenciada cuja combinatória ilimitada nunca encontra termo, a 'literatura'/o texto subtrai o sujeito de sua identificação com o discurso comunicado e, pelo mesmo movimento, quebra a disposição de espelho refletindo as estruturas de um exterior."[34]

A substituição da significação pela significância impõe a substituição da semiologia por outra ciência, a semanálise,

▼ ▼ ▼ ▼ ▼

34. *Sémeiotikè – Recherches pour une sémanalyse*, pp. 10-1. No momento em que o escrevia, Kristeva estava contradizendo o Barthes saussuriano dos *Eléments de semiologie*. Posteriormente, Barthes se aproximou da posição kristeviana.

que estuda não os sentidos produzidos pelo texto mas a sua produção.

O texto não é o discurso de um sujeito imutável e pleno, prévio ou posterior ao discurso. O texto é o lugar onde o sujeito se produz com risco, onde o sujeito é posto em processo e, com ele, toda a sociedade, sua lógica, sua moral, sua economia. "O texto como produtividade: perturba a cadeia comunicativa e impede a constituição do sujeito; remonta ao germe do sentido e do sujeito; rede de diferenças; multiplicidade de marcas e de intervalos não centrada; exterioridade do signo assumindo o próprio signo."[35] O texto é o lugar da escritura, um lugar onde o sujeito se arrisca numa situação de crítica radical, e não o produto acabado de um sujeito pleno.

Assumindo uma posição materialista, Kristeva encara o texto como o lugar onde se desenlaça "um triplo nó": o do Uno, o do Fora e o do Outro. O Uno corresponde ao sagrado, centro regente intencional do discurso; o Fora corresponde à magia, ao desejo de dominar, mudar e orientar o exterior; o Outro corresponde ao destinatário fantasmático com o qual o sujeito se identifica. Nesse triplo nó, o sujeito idealista tenta instalar-se em plenitude. Na medida em que desfaz esse triplo nó em que se assenta o sujeito idealista, o texto corresponde a "um campo conceitual novo, que nenhum *discurso* pode propor"[36].

A ciência lingüística, assim como a semiologia de origem saussuriana, é incapaz de prestar contas da produtividade textual: "A produtividade textual opera num espaço lingüístico irredutível às normas gramaticais (lógicas). [...] É na linguagem poética entendida como uma infinidade potencial, que a

▼ ▼ ▼ ▼ ▼

35. *Id. Index*, p. 378.
36. *Id.*, p. 12.

noção de verossímil é posta entre parênteses: ela é válida no domínio finito do discurso obediente aos esquemas de uma estrutura discursiva finita e, por conseguinte, ela reaparece obrigatoriamente quando um discurso finito monomorfo (filosofia, explicação científica) recupera a infinidade da produtividade textual. Mas ela não tem curso nessa infinidade, ela própria, na qual nenhuma verificação (conformidade a uma verdade semântica ou derivabilidade sintática) é possível."[37]

A prática textual ou escritural afirma-se assim como indescritível para qualquer ciência particular. A ciência do texto é o próprio texto, dirá Barthes. E ainda mais: é a prática textual que funciona como questionamento das ciências estabelecidas sobre as noções de sujeito e de discurso, na medida em que ela arruína o sujeito idealista e o discurso logocêntrico.

O sujeito da escritura barthesiana coincide com o sujeito da prática textual definido por Kristeva. Na fase estruturalista e semiológica, o sujeito barthesiano tendia a tomar consistência como sujeito do saber. O sujeito do texto, na última fase, é o suporte flutuante do prazer e do gozo: "Então, talvez, volta o sujeito, não como ilusão mas como *ficção*. Um certo prazer é colhido num modo de imaginar-se como *indivíduo*, de inventar uma última ficção, das mais raras: o fictício da identidade.

▼ ▼ ▼ ▼ ▼

37. *Id.*, p. 241. O conceito de *significância* como abertura para a infinidade dos sentidos assemelha-se ao conceito de *disseminação*, em Derrida: "Se não há pois uma unidade temática ou um sentido total reapropriável para além das instâncias textuais, num imaginário, numa intencionalidade ou num vivido, o texto não é mais a expressão ou a representação (feliz ou não) de alguma *verdade* que viria difratar-se ou concentrar-se numa literatura polissêmica. Este conceito hermenêutico de *polissemia* deveria ser substituído pelo de disseminação" (*La dissémination*, p. 290). A mesma consciência da disseminação dos sentidos pelo texto leva Barthes a substituir a expressão *texto polissêmico*, pela expressão *texto plural*, a polissemia sendo característica das obras literárias do passado (representativas) e a pluralidade, característica dos textos da modernidade.

Essa ficção não é mais a ilusão de uma unidade; ela é, pelo contrário, o teatro da sociedade onde fazemos comparecer nosso plural: nosso prazer é *individual* — mas não pessoal."[38]

O texto é o lugar de uma perda, de um *fading* do sujeito, produção livre e efêmera de sentidos provisórios, lugar de prazer, lugar de significância: "Que é a significância? É o sentido *enquanto produzido sensualmente*."[39]

Na prática do texto, o sujeito, sentido último, centro de onde emanavam os sentidos, como estes, se faz e se desfaz: "*Texto* quer dizer *tecido*; mas enquanto, até agora, tomou-se sempre esse tecido por um produto, um véu acabado, por detrás do qual se mantém, mais ou menos escondido, o sentido (a verdade), acentuamos agora, no tecido, a idéia gerativa de que o texto se faz, se trabalha através de um perpétuo entrelaçamento; perdido nesse tecido — nessa textura — o sujeito aí se desfaz, como uma aranha que se dissolvesse ela própria nas secreções construtivas de sua teia."[40]

O texto não pode prestar-se a uma descrição sistemática, já que ele é, exatamente, a subversão de toda sistemática. Uma teoria do texto é uma contradição de termos, e toda tentativa de teorizar o texto é suspeita de querer recuperá-lo num discurso de sapiência, numa fala endoxal, exorcizando o que ele tem de disseminante, de subversivo.

O texto só pode ser descrito (assim como a escritura, que é a prática do texto) de modo fragmentário, constelado, relampejante. É o que faz, com muita argúcia e justeza, Stephen Heath, quando reúne num feixe os traços relevantes do texto[41]:

▼ ▼ ▼ ▼ ▼

---

38. *Le plaisir du texte*, p. 98.
39. *Id.*, p. 97.
40. *Id.*, pp. 100-1.
41. *Vertige du déplacement (Lecture de Barthes)*, pp. 140 ss.

1) O texto é "onde a coisa vira", onde ocorre um deslocamento (de linguagem, de sentido);

2) O texto está em toda parte, mas nem tudo é texto. É texto apenas aquilo que se produz (ou que se lê) contra o regime geral do estereótipo, da repetição, da *doxa*;

3) O "escrito" não é o único suporte do texto: existe um texto na rua, como no livro[42];

4) O texto redistribui os papéis, *teatraliza*; desloca as categorias, as formas, as palavras, as ordens, os gêneros;

5) O texto é associal: nem ciência, nem ideologia, ele é a crítica da ideologia pelo trabalho exercido nela mesma. Como tal, ele não está nem inteiramente dentro, nem inteiramente fora da sociedade em que se produz;

6) O texto trabalha o encontro do sujeito com a língua (com o código), e nesse trabalho o sujeito se critica, se pluraliza, se pulveriza;

7) O texto é uma dupla escuta, escuta da *doxa* e do paradoxo, da identidade e da não-identidade. O texto é atenção à diferença, o texto *é* a diferença;

8) O texto propõe uma outra economia das linguagens: des-hierarquizadas, circulantes, não-compartimentadas. Nesse sentido, ele é uma utopia (proposta de uma outra sociedade).

4. A crítica-escritura (hipótese)

A questão é a seguinte: em que medida a atividade crítica pode ser uma atividade textual (escritural)? Ou então: em que medida um *texto* pode exercer a função de crítica literária?

▼ ▼ ▼ ▼ ▼

---

42. No presente trabalho, ocupamo-nos apenas do texto escrito em livro, sob a forma de crítica-escritura.

A primeira observação a ser feita é a de que toda produção textual tem um caráter crítico, com relação ao mundo e com relação à linguagem (o mundo, para ela, é linguagem). Todo texto (poético, romanesco), inserindo-se na "literatura", assume uma posição crítica com relação a esta, quer por sua escolha temática ou formal (cada escolha coloca em questão, implicitamente, as outras escolhas), quer pelas relações que entretém com os textos já escritos (fenômenos de intertextualidade). Isso sempre ocorreu nas grandes obras literárias, que incluíram sempre, implícita ou explicitamente, uma reflexão crítica sobre a própria literatura.

A segunda observação concerne ao discurso crítico, que pode assumir características de texto poético, na medida em que enfatiza seu próprio sistema significante e favorece a produção de sentidos novos, inseparáveis do sistema em que se criam.

Entretanto, nos dois casos, trata-se da verificação de um aspecto entre outros, e o que ainda permite a distinção entre texto poético e texto crítico é que no primeiro a função crítica é acessória, no segundo fundamental e, inversamente, no primeiro a produção significante é fundamental, no segundo acessória.

A afirmação de Barthes – "o crítico é um escritor" – aparece, à primeira vista, como tranqüila. Mas uma leitura mais atenta de sua teoria da escritura revelar-nos-á a dificuldade dessa identificação. Na maior parte das vezes, o crítico é um escrevente: alguém que escreve sobre alguma coisa, com a finalidade de explicar algo que está para além de seu próprio discurso. Quando o crítico é um escritor (produtor de um discurso intransitivo), talvez não seja pertinente a manutenção do termo "crítico".

Enquanto em *Critique et vérité* e nos *Essais critiques* Barthes afirmava a identidade crítico=escritor, a distinção ainda se mantinha, comprovada pelas considerações, nessas duas obras, acerca da função específica da crítica e dos críticos. Essa distinção se mantém, repensada, em *S/Z* e em *Le plaisir du texte*, na primeira obra subordinada à distinção entre *texto legível* e *texto escriptível*, na segunda, submissa à diferença entre *texto de prazer* e *texto de gozo*.

Examinemos primeiramente a distinção entre *texto legível* e *texto escriptível*, no que concerne à crítica.

O texto legível é o que só permite uma representação; o texto escriptível, o que permite uma re-apresentação. O primeiro só pode ser lido, o segundo pode ser re-escrito. O primeiro se presta à crítica, o segundo solicita uma outra escritura.

O texto escriptível abole a crítica, no sentido tradicional do termo: "Seu modelo sendo produtivo (e não mais representativo), ele abole toda crítica que, produzida, se confundiria com ele: reescrevê-lo só poderia consistir em disseminá-lo, dispersá-lo no campo da diferença infinita. O texto escriptível é um presente perpétuo, sobre o qual não pode pousar nenhuma fala *conseqüente* (que o transformaria fatalmente em passado); o texto escriptível é *nós escrevendo*, antes que o jogo infinito do mundo (o mundo como jogo) seja atravessado, cortado, detido, plastificado por algum sujeito singular (ideologia, gênero, crítica) que feche a pluralidade das entradas, a abertura das redes, o infinito das linguagens. O escriptível é o romanesco sem o romance, a poesia sem o poema, o ensaio sem a dissertação, a escritura sem o estilo, a produção sem o produto, a estruturação sem a estrutura."[43]

Portanto, só o texto legível (clássico) se presta à crítica; o texto nascido do escriptível é simplesmente escritura e, nesse

▼ ▼ ▼ ▼ ▼

43. *S/Z*, p. 11.

caso, a denominação crítico-escritor não teria mais sentido, permanecendo a simples denominação de escritor para o autor de tal texto.

Em *Le plaisir du texte*, outra distinção aparece, com o mesmo resultado de excluir a crítica do campo da escritura; trata-se da distinção entre *texto de prazer* e *texto de gozo*: "Texto de prazer: aquele que contenta, preenche, dá euforia; aquele que vem da cultura, não rompe com ela, está ligado a uma prática confortável da leitura. Texto de gozo: aquele que coloca em estado de perda, que desconforta (talvez até um certo enfado), faz vacilar os alicerces históricos, culturais, psicológicos do leitor, a consistência de seus gostos, de seus valores, de suas lembranças, põe em crise sua relação com a linguagem."[44]

Com relação à crítica, Barthes é taxativo: "*A crítica se exerce sempre sobre textos de prazer, jamais sobre textos de gozo* – Flaubert, Proust, Stendhal são comentados inesgotavelmente; a crítica diz então, do texto tutor, o gozo vão, o gozo *passado ou futuro*: *vocês vão ler, eu li*: a crítica é sempre histórica ou prospectiva: o presente constativo, a *apresentação* do gozo lhe é proibida; sua matéria de predileção é pois a cultura, que é tudo em nós exceto nosso presente. Com o escritor de gozo (e seu leitor) começa o texto insuportável, o texto impossível. Este texto está fora-do-prazer, fora-da-crítica, *exceto se ele for atingido por um outro texto de gozo*: não se pode falar 'sobre' tal texto, só se pode falar 'dentro' dele, entrar num plágio sem limites, afirmar histericamente o vazio do gozo (e não mais repetir, obsessivamente, a letra do prazer)."[45]

A crítica se situa do lado da cultura, das instituições do texto e, como tal, ela tende a perder até mesmo o prazer do

▼ ▼ ▼ ▼ ▼

44. *Id.*, pp. 25-6.
45. *Id.*, pp. 37-8.

texto. O texto (a escritura) tem "pouco futuro institucional", porque ele não visa a uma ciência, a um método, a uma pesquisa, a uma pedagogia; o texto é apenas uma prática eufórica[46]. A escritura não se ensina, "a literatura é o que se ensina, ponto final; é um objeto de ensino"[47].

Através dessas distinções, o que se mantém é a diferença fundamental entre crítica e escritura, a partir das características das duas atividades, de seus objetivos e seus limites (o mais exato seria dizer que só a crítica tem objetivos e limites). O objetivo da crítica é a explicação e a avaliação de outros textos (atividade transitiva, comunicativa, endoxal); o objetivo do texto é sua própria produção (atividade intransitiva, significante, paradoxal). Enquanto a escritura abre a linguagem à infinidade, a crítica supõe um texto como circunscrito, finito; ela o fecha, na medida em que faz dele um objeto, um *corpus* de estudo.

A crítica se encontra, diante dos textos poéticos, numa posição mediana entre o distanciamento e a dependência. Como explicação, ela exige o distanciamento, como compreensão, ela pressupõe a dependência. Esta posição mediana é a da metalinguagem.

Como avaliação, a crítica se distancia da obra e depende de um sistema de valores prévios (referências culturais). Ora, na produção textual não há valores prévios: é o próprio texto quem instaura, ao produzir-se, seu sistema de valores.

Esses dois tipos de distanciamento (explicativo e avaliador) são vistos por Barthes como um distanciamento temporal: explicar e avaliar é trabalhar no passado ou no futuro, nunca no presente. A dependência de um passado cultural que orienta o futuro da leitura proposta (a qual se transfor-

▼ ▼ ▼ ▼ ▼

46. *Id.*, pp. 95-6.
47. *Réflexion sur un manuel*, p. 170.

mará igualmente em passado) impede que a crítica se exerça num presente de escritura, e só no presente existe liberdade (fazer, produzir). A crítica estaria pois condenada a uma posição passadista e institucional?

Em que medida a crítica poderia quebrar essa dependência, exercer-se no presente, em liberdade e prazer, mantendo ao mesmo tempo sua dupla função de esclarecimento e avaliação, sem os quais ela deixa de existir e é totalmente absorvida pela escritura?

A teoria barthesiana, embora mantendo a distinção entre crítica e escritura, oferece-nos algumas brechas nesse sentido, e é através delas que pretendemos nos insinuar.

A distinção entre *texto legível* e *texto escriptível* oferece uma abertura no sentido da manutenção da função avaliadora: "Nossa avaliação só pode ser ligada a uma prática da escritura. Existe, de um lado, aquilo que é possível escrever e, de outro, aquilo que não é mais possível escrever: aquilo que está na prática do escritor e aquilo que saiu para fora dela: que textos aceitaria eu escrever (re-escrever), desejar, avançar como uma força neste mundo que é o meu? O que a avaliação encontra é este valor: aquilo que hoje pode ser escrito (re-escrito): o *escriptível*."[48]

A própria práxis da escritura, tendo um outro texto como instigação, já é uma valoração desse texto. Escrever um *texto* a partir de outro texto é demonstrar o seu valor. Esse tipo de avaliação, nascido da e na prática da escritura, é totalmente diverso do tipo de avaliação exercido pela crítica tradicional, baseada num quadro de valores prévios. Aqui, é a qualidade do segundo texto que atesta a qualidade do primeiro; e sua própria qualidade só será atestada se ele produzir um terceiro, e assim por diante.

▼ ▼ ▼ ▼ ▼

---

48. *S/Z*, p. 10.

Quanto à função explicativa: esta não pode ser mantida como representação ou hermenêutica (só o *texto legível* pode ser explicado, desvendado em sua "verdade"), mas pode transmutar-se em re-apresentação, presentificação dos sentidos, liberação da significância, teatralização.

Da mesma forma, ao expulsar a crítica do campo do gozo (jardim das delícias perdido por desejo de sapiência), Barthes deixa ainda uma porta aberta para seu retorno: o *texto escriptível* está fora-da-crítica "exceto se ele for atingido por outro texto de gozo". Parece evidenciar-se que, ao usar o termo *crítica*, Barthes pensava exclusivamente numa crítica de tipo institucional. Com um crítico como ele próprio, a crítica se coloca numa nova perspectiva: "Digamos que a interrogação da crítica prossegue de modo a não mais deixá-la em seu lugar: efeito de escritura."[49]

Na atividade escritural, a crítica se perderia e passaria a ser escritura. A crítica nova seria "um ato de plena escritura"[50], "o que a levaria para fora dela mesma, em direção a um outro discurso, inédito"[51].

Se a crítica desaparecesse totalmente na escritura, perderíamos de vista o objeto de nossa pesquisa e, nesse caso, nossa empresa seria suicida. Se ela se transformar num outro discurso, inédito, caracterizável como crítica-escritura, nosso objeto existe.

Ele se delineia como um objeto instável, transitório, incômodo. A crítica-escritura seria o último passo da crítica em direção à escritura, não ainda o passo decisivo e auto-anulador, mas aquele momento ambíguo em que as duas

▼ ▼ ▼ ▼ ▼

49. HEATH, Stephen, *Vertige du déplacement*, p. 128.
50. BARTHES, Roland, *Critique et vérité*, p. 47.
51. HEATH, Stephen, *id.*, p. 129.

práticas se superpõem. O objeto que se apresenta a nossos olhos teria as características da visão astigmata: uma superposição não-coincidente, esfumada, defasada. E nessa defasagem ainda se poderia ler a crítica.

Esse objeto hipotético é o nosso: uma crítica que, dando-se a ler como texto, desse também a ler outro texto, de modo mais novo e mais rico do que aquele como o líamos antes; que fosse só linguagem, conservando uma função de metalinguagem; que inventasse, no outro texto, novos valores; que fosse ao mesmo tempo transitiva e intransitiva, segundo a leitura que dela se fizesse; que fosse um fenômeno de enunciação ao mesmo tempo que enunciasse outra coisa; que entrasse numa relação simbólica (de linguagem) e não mais imaginária (de ideologia) com outro(s) texto(s). Tal seria nosso objeto: híbrido, paradoxal, inclassificável, como o sujeito que o produziria: sujeito a cavalo entre dois campos, entre dois mundos, sujeito em crise. Crítico = escritor em crise.

Toda a escrita contemporânea se encontra nessa situação crítica entre dois mundos culturais, dois mundos éticos, dois mundos artísticos: entre o romance e o romanesco, entre o poema e a poesia, entre o teatro e a *mise-en-scène*: "Ora, é um sujeito anacrônico que mantém os dois textos em seu campo e, em sua mão, as rédeas do prazer e do gozo, pois ele participa ao mesmo tempo e contraditoriamente do hedonismo profundo de toda cultura (que nele entra tranqüilamente sob a cobertura de uma arte de viver da qual fazem parte os livros antigos) e da destruição dessa cultura: ele goza da consistência de seu *eu* (é seu prazer) e busca sua perda (é seu gozo). Sujeito duas vezes clivado, duas vezes perverso."[52]

▼ ▼ ▼ ▼ ▼

52. *Le plaisir du texte*, p. 26.

Entre essas práticas duplas que são as diferentes escritas de hoje, nosso objeto é aquele que alia contraditoriamente, perversamente, a velha crítica instituição cultural e a escritura, questionamento de toda instituição e de toda cultura. O crítico-escritor é um ser de aparição e de desaparecimento, de prazer e de gozo, de consistência e de perda e, como tal, um exemplo significativo do escritor em crise – o escritor de hoje.

CAPÍTULO III

CRÍTICA E INTERTEXTUALIDADE

"La question (de la citation) est théologique,'car tout est suivi dans l'Ecriture, et cette suite est ce qu'il y a de plus grand et de plus merveilleux'. Fénelon le disait contre le 'sens pieux' (nous parlerions de sens second) d'une explication par 'passages détachés'; le principe est dans l'enchaînement' (*IIIe dialogue sur l'éloquence*)."★

GEORGES BLIN,
La cribleuse de blé (La critique), p. 101.

1. Dialogismo e intertextualidade

Uma das principais características da transformação sofrida pelas obras literárias, a partir do fim do século XIX, é a multiplicação de seus significados, que permitem e até mesmo solicitam uma leitura múltipla.

As personagens dos romances começam a representar diferentes "vozes" não unificadas por uma verdade englobante, de ordem ideológica (a "filosofia" do autor) ou de ordem psicológica (a "personalidade" do autor). São exemplos disso os romances de Dostoiévski, as narrativas de Kafka e de Joyce. Os poemas também não permitem mais uma leitura unitária, porque ocorre neles um estilhaçamento temático e uma mistura de vários tipos de discurso que desencorajam a leitura homogeneizadora (Mallarmé, Apollinaire, Pessoa).

▼ ▼ ▼ ▼

★ "A questão (da citação) é teológica,'pois tudo é continuado nas Escrituras, e essa seqüência é o que há de maior e de mais maravilhoso'. Fénelon o dizia contra o 'sentido piedoso' (nós o chamaríamos de segundo sentido) de uma explicação por 'trechos destacados'; o princípio está no encadeamento' (*III diálogo sobre a eloqüência*)."

Perdidas a unidade do texto e a de sua leitura, a crítica se depara, mais do que nunca, com o problema das relações entre diferentes discursos, entre diferentes textos. Alusões, citações, paródias, pastiches, plágios inserem-se agora na própria tessitura do discurso poético, sem que seja possível destrinçá-lo daquilo que lhe seria específico e original. Lautréamont é um exemplo notável nesse sentido[1] mas a ele se poderiam acrescentar muitos outros, como o Flaubert de *Bouvard et Pécuchet*, Joyce, Pound, nossos modernistas de 22 etc.

O inter-relacionamento de discursos de diferentes épocas ou de diferentes áreas lingüísticas não é novo, podemos mesmo dizer que ele caracteriza desde sempre a atividade poética. Em todos os tempos, o texto literário surgiu relacionado com outros textos anteriores ou contemporâneos, a literatura sempre nasceu da e na literatura. Basta lembrar as relações temáticas e formais de inúmeras grandes obras do passado com a Bíblia, com os textos greco-latinos, com as obras literárias imediatamente anteriores, que lhes serviam de modelo estrutural e de fonte de "citações", personagens e situações (*Divina Comédia, Os Lusíadas, Dom Quixote* etc.).

A fonte podia ser até mesmo um discurso menos nobre, não-sacramentado, extraliterário. Um exemplo curioso é o do *Cuento de Cuentos*, de Quevedo, narrativa composta exclusivamente com as expressões populares que, com sua retórica selvagem, "contaminavam" a língua espanhola. Duas conseqüências extremamente significativas teve a obra de Quevedo. Tendo sido composta como crítica purista do linguajar do povo, a obra teve efeito contrário fixando e consa-

---

1. V. nosso trabalho *Falência da crítica (um caso limite: Lautréamont)*, em especial o capítulo "A crítica das fontes".

grando as expressões empregadas². Além disso: o que é ainda mais curioso, a obra suscitou imediatamente uma série de imitações compostas segundo o mesmo princípio, verdadeiras paródias de *Cuentos*, portanto textos feitos de empréstimos de um texto feito, ele próprio, de empréstimos. A fortuna do *Cuento de Cuentos* nos convida a perder qualquer ilusão quanto à "pureza" de qualquer obra verbal, e obriga-nos a encarar a linguagem como um campo de trocas incontroláveis e imprevisíveis.

Portanto, a intercomunicação dos discursos não é algo novo. O que é novo, a partir do século XIX, é que esse inter-relacionamento apareça como algo sistemático, assumido implicitamente pelos escritores, e que o recurso a textos alheios se faça sem preocupação de fidelidade (imitação), ou de contestação simples (paródia ridicularizante), sem o estabelecimento de distâncias claras entre o original autêntico e a réplica, sem respeito a nenhuma hierarquia dependente da "verdade" (religiosa, estética, gramatical). O que é novo é que essa assimilação se realize em termos de reelaboração ilimitada da forma e do sentido, em termos de apropriação livre, sem que se vise o estabelecimento de um sentido final (coincidente ou contraditório com o sentido do discurso incorporado).

Devemos a Mikhail Bakhtin a primeira teorização do fenômeno da intertextualidade, em seu famoso ensaio sobre os romances de Dostoiévski³. Segundo Bakhtin, Dostoiévski é o

▼ ▼ ▼ ▼

2. "Mas cosa rara: creyó con ello condenar al desprecio y relegar al olvido las que él consideraba como manchas del lenguaje; y acaeció todo lo contrario, porque tomaran autoridad en su boca, y muchas de ellas viven porque les levantó monumento, y tuvieronse por buenas." ("Comentario al *Cuento de Cuentos*", por Don Francisco de Paula Seijas. Biblioteca de los Autores Españoles.)
3. *La poétique de Dostoiévski* (*Problemi Poetiki Dostoievskovo*. Moscou, 1963).

criador de um novo tipo de romance – o *romance polifônico* – caracterizado pela pluralidade de vozes, irredutíveis a uma "audição" unitária. Cada personagem de Dostoiévski constitui um mundo espiritual e um mundo lingüístico autônomo, e a coexistência desses mundos, longe de tender para a unificação final, mantém a permanência da pluralidade.

Esse novo tipo de romance – e é isto que nos interessa particularmente – não representa apenas uma inovação do gênero, mas corresponde a "um tipo totalmente novo de pensamento artístico", "uma espécie de novo modelo artístico do mundo, no qual muitos momentos essenciais da antiga forma artística foram submetidos a uma transformação radical"[4].

O estudo de Bakhtin tem o aspecto inovador de encarar o problema da pluralidade semântica a partir do significante. Assim, empreende ele o estudo da *palavra* em Dostoiévski, de suas relações com as palavras de outros discursos. A pesquisa da palavra, como unidade migratória e como elemento de ligação entre múltiplos discursos, transcende as possibilidades atuais da ciência lingüística e requer a criação de uma translingüística, capaz de estudar "a vida da palavra, sua passagem de um locutor a outro, de um contexto a outro, de uma coletividade social, de uma geração a outra. E a palavra nunca esquece seu trajeto, nunca se desembaraça totalmente do domínio dos textos concretos a que ela pertence"[5].

O escritor nunca encontra palavras neutras, puras, mas somente "palavras ocupadas", "palavras habitadas por outras vozes". Esta observação de Bakhtin torna patentes os limites da semântica, tal como ela é praticada habitualmente. O estabelecimento de eixos sêmicos, bifurcando-se em lexemas

▼ ▼ ▼ ▼ ▼

4. *Op. cit.*, p. 29.
5. *Id.*, p. 263.

marcados pela presença ou ausência de um *sema* (unidade de sentido), pressupõe a determinação dos semas em estado puro, em grau zero, inteiramente denotativo, o que, evidentemente, é uma ilusão desmentida por qualquer enunciado real, isto é, inserido num contexto, desde o mais simples (discurso da comunicação corrente) até o mais complexo (discurso poético).

O inter-relacionamento significativo das palavras é uma característica de qualquer fala, mas, no passado, havia uma tendência a univocar a palavra e o discurso, de modo que o sentido geral convergia para uma significação prioritária (*discurso monológico*[6]). Num texto como o de Dostoiévski, a palavra tende a ser bivocal, ou mesmo polivocal, estabelecendo múltiplos contatos no interior do mesmo discurso ou com outros discursos (*discurso dialógico*).

Como bem observa Julia Kristeva[7] (sintetizando e desenvolvendo as propostas de Bakhtin), o discurso dialógico se opõe ao discurso monológico por uma atitude filosófica e um encaminhamento lógico radicalmente diversos. Enquanto o discurso monológico decorre da crença no ser, na substância, na causalidade, na continuidade, o discurso dialógico opõe ao ser estável o devir, à substância imutável a relação (simbólica ou analógica), à causalidade a oposição não-exclusiva, à continuidade a distância. A lógica do discurso monológico é a lógica formal aristotélica, enquanto a do discurso dialógico é a lógica correlacional. Assim sendo, enquanto no discurso monológico cada seqüência é determinada pela precedente, numa relação de causalidade, no discurso dialógico cada seqüência é seguida por outra "imediatamente superior",

▼▼▼▼▼

6. É claro que o discurso monológico puro é uma abstração, um conceito operacional.
7. "Le mot, le dialogue et le roman", in: *Sémeiotikè – Recherches pour une sémanalyse*, p. 143.

não-deduzida de modo causal, "transfinita" (conceito que Kristeva colhe em Cantor).

A imitação (repetição) do primeiro tipo de discurso será substituída pela estilização (relativização) do segundo. Enquanto o centro regulador do monologismo é fixo (lei, verdade, Deus), o centro regulador do dialogismo é móvel (constituído pelos entrecruzamentos do sujeito enunciador com a palavra poética). Enquanto o discurso monológico tem *uma lei que prevê sua transgressão* (que pode parecer, à primeira vista, como dialógica, mas que não o é), o discurso dialógico é *uma transgressão que se dá uma lei*, gerada por sua própria sistemática[8].

No último século, as grandes obras literárias têm sido sempre dialógicas. Em nossa língua, um exemplo particularmente interessante de dialogismo é o da obra de Fernando Pessoa, onde os heterônimos compõem uma verdadeira polifonia. Daí as dificuldades da crítica monológica diante dessa obra, daquela crítica que se esfalfa na busca da unidade apesar de tudo ou no estabelecimento do heterônimo mais autêntico, do "verdadeiro" Pessoa.

▼ ▼ ▼ ▼ ▼

8. A brilhante exposição de Kristeva deixa no entanto algumas dúvidas, relativas a certas esquematizações pouco convincentes.

A primeira das objeções que poderíamos fazer se refere à relação estabelecida entre monologismo/dialogismo e diacronia/sincronia. É certo que o discurso monológico respeita a história como continuidade e causalidade, e nesse sentido ele é diacrônico. É também certo que o discurso dialógico faz confluir toda a história para o momento da enunciação, e nesse sentido ele é sincrônico. Entretanto, como discurso datado, o monológico é sincrônico com seu tempo; e o dialógico, dialogando com os textos do passado, é também diacrônico. O discurso monológico diacroniza a sincronia e o dialógico sincroniza a diacronia.

A segunda objeção se refere à relação entre monologismo/dialogismo e sistema/sintagma. No dialogismo, o que há é um jogo entre o sistema e o sintagma, que propicia exatamente aquela *ambivalência* que, no esquema proposto na p. 171, é representada como uma chave ligando monologismo e dialogismo. O esquema final contradiz e corrige as afirmações contidas no texto do artigo.

Para Pessoa como para Dostoiévski, "os liames estilísticos essenciais não são os que existem entre as palavras no quadro de um enunciado monológico, mas os liames dinâmicos intensos entre enunciados, entre centros discursivos autônomos e independentes, liberados da ditadura verbal e interpretativa de um estilo monológico, de tom único"[9].

A teoria de Bakhtin tem pontos de contato com a leitura anagramática empreendida por Saussure em seus *Cahiers d'anagrammes*, onde se levanta a hipótese de que cada poema seria "a chance desenvolvida de um vocábulo simples"[10].

Tratava-se, para Saussure, de buscar a "palavra indutora", cujos fonemas estariam dispersos através do texto, estabelecendo um diálogo interno entre essa palavra e o texto todo. Muitas vezes, o mestre genebrino suspeitou que a palavra indutora de um poema fosse o nome próprio de uma divindade (o *corpus* estudado era constituído de poemas latinos). Podemos considerar essa ocorrência como um fenômeno de intertextualidade ampla, pois a presença dessa palavra num poema implica o diálogo deste com outros textos (sagrados), onde esse nome ocorre originalmente.

Sabe-se a que ponto essas especulações foram conflituosas para Saussure, já que a confirmação de sua hipótese poria em xeque vários conceitos da ciência lingüística que, com ele próprio, começavam a delinear-se (em particular a questão do arbitrário do signo lingüístico). Isto porque essas especulações já eram da ordem da translingüística sugerida por Bakhtin, implicando já um ultrapassamento da lingüística estrutural que apenas se esboçava no mesmo momento.

▼▼▼▼▼

9. BAKHTIN, Mikhail, *op. cit.*, p. 266.
10. STAROBINSKI, Jean, *Les mots sous les mots*, p. 152.

Aliando Saussure e Bakhtin, Kristeva propõe o método paragramático[11], que permitirá recolher no texto os *gramas escriturais* (que dialogam no interior do próprio texto) e os *gramas leiturais* (que dialogam com gramas de outros textos).

Segundo Kristeva, a produção textual ocorre, não de um modo gramatical (submissão às leis do código), mas de modo paragramático (abertura do código e pluralização dos sentidos pela fricção dos gramas no interior do texto, ou com outros gramas, situados em outros textos). Estabelece-se então uma verdadeira rede de sentidos, que se espraia para além de cada texto, recobrindo todo o conjunto dos enunciados poéticos (a literatura, segundo a terminologia tradicional), em permanente produção de sentidos novos.

"Todo texto é absorção e transformação de uma multiplicidade de outros textos", diz Kristeva, na esteira de Bakhtin. Entende-se por intertextualidade este trabalho constante de cada texto com relação aos outros, esse imenso e incessante diálogo entre obras que constitui a literatura. Cada obra surge como uma nova voz (ou um novo conjunto de vozes) que fará soar diferentemente as vozes anteriores, arrancando-lhes novas entonações.

A velha frase de La Bruyère: "Chegamos tarde e tudo já foi dito", soará ela própria diferentemente. Tudo já foi dito (todas as palavras estão habitadas, dirá Bakhtin) mas tudo pode ser redito diferentemente. Assim como a própria frase de La Bruyère foi redita por Lautréamont: "Chegamos cedo, nada foi dito." No seu significado e no seu significante, a paródia de Lautréamont é a exemplificação perfeita da prática da intertextualidade. Para o poeta nada está completamente

▼ ▼ ▼ ▼ ▼

11. "Pour une sémiologie des paragramme", in: *Sémeiotikè – Recherches pour une sémanalyse*, p. 174.

dito, estamos sempre no amanhecer da linguagem e no despontar do sentido[12].

2. A intertextuallidade crítica (hipótese)

Esta nova visão da produção literária não poderia deixar de ter efeitos sobre a crítica, tanto no que se refere à sua atitude diante das obras, quanto no que diz respeito à sua própria atividade escritural.

O que aqui nos interessa é saber em que medida esse novo modelo artístico abala a crítica, o que ela faz dele ou o que, dela, ele faz. Trata-se de responder à pergunta: em que medida o dialogismo crítico difere do dialogismo poético? Por outras palavras: pode existir uma verdadeira intertextualidade crítica?

Em princípio, a crítica sempre foi intertextual, se dermos a esse termo um sentido largo. Tratou-se sempre de escrever um texto sobre outro texto. Assim, mesmo no caso mais simples (evidentemente hipotético, como todas as "formas simples"), ocorre em todo discurso crítico o entrecruzamento de dois textos, o texto analisado e o texto analisante.

O uso da citação, um dos processos mais clássicos da crítica literária, esboça uma certa intertextualidade. "A citação mais literal já é, em certa medida, uma paródia. O simples levantamento a transforma, a escolha na qual eu a insiro, seu recorte (dois críticos podem citar a mesma passagem, fixando seus limites de modo bem diverso), as supressões que

▼ ▼ ▼ ▼

[12]. Nossos modernistas o haviam intuído. Que é a "antropofagia" literária, senão esse trabalho de absorção e reelaboração permanente de outros textos, arrancando deles outros sentidos? Daí a vitalidade e a atualidade de uma obra como a de Oswald de Andrade.

opero em seu interior, e que podem substituir a gramática original por uma outra, e, naturalmente, o modo como eu a encaro, como ela é tomada em meu comentário."[13]

Não se deve, no entanto, reduzir a intertextualidade ao uso da citação ou ao aparato referencial da crítica erudita. O que aqui nos interessa não é uma simples adição de textos, mas o trabalho de absorção e de transformação de outros textos por um texto, trabalho dificilmente realizável num tipo de crítica ciosa de declarar suas fontes[14].

Para responder, provisoriamente, à pergunta acima formulada, começaremos por observações empíricas. Em primeiro lugar, a intertextualidade crítica é *declarada*, isto é, submissa a uma lei, enquanto a intertextualidade poética pode ser tácita (e na maior parte das vezes o é). O crítico declara que está escrevendo sobre outra obra ou sobre outras obras; o nome do outro autor (autor tutelar) e o da obra-objeto figuram freqüentemente no próprio título do livro ou do artigo crítico; se não, aparecerão como referências explícitas e precisas (obedientes a normas internacionais), em notas de rodapé. Além disso, o uso das aspas é um dever maior, dentro da ética crítica.

A declaração indica uma submissão. O discurso poético dialógico engloba os textos que abriga, não para conservá-los como uma propriedade, para apropriar-se deles, mas para os pôr em perda, numa migração incontrolável. A estrutura do discurso crítico tradicional, pelo contrário, é englobada pelo texto indutor, que a molda e a situa em posição de filiação, de continuação.

▼ ▼ ▼ ▼ ▼

13. BUTOR, Michel, *Répertoire III*, p. 18. Que dizer então de uma citação traduzida, a nossa, aqui?
14. O mesmo Butor tem sido censurado pelos universitários franceses por não fornecer bibliografia nem notas de rodapé.

Essas injunções apresentam uma nítida analogia com as leis de declaração e de apropriação que regem a esfera econômica. Essas leis decorrem de um contrato social que implica deveres de identificação e direitos de propriedade. A declaração do crítico é uma espécie de declaração de contribuinte: identidade, domicílio, profissão, propriedades plenas e propriedades alienadas. A partir desses dados, definem-se os direitos de apropriação. O crítico é alguém que usufrui da propriedade alheia, e isto pressupõe o respeito a certas regras, das quais a mais elementar é o reconhecimento dos direitos do proprietário e dos deveres do não-proprietário.

Ora, o escritor age com mais desenvoltura: não declara nada, utiliza os bens de outrem como se fossem seus. Isto revela que o contrato literário do escritor não é o mesmo que o do crítico. A relação entre "criadores" é uma relação de igualdade, a relação entre "criador" e crítico é uma relação de submissão.

O dialogismo poético se trava em termos de igualdade, os dois textos estão no mesmo nível; o dialogismo crítico funciona em termos de hierarquia, os dois textos estão em níveis diferentes. O "nível" é definido pela posição do sujeito da enunciação, que modula todo o enunciado. Não se trata aqui de discutir o problema do sujeito da enunciação, mas basta lembrar, para nossos fins, o quanto a posição desse sujeito depende de uma expectativa social.

Tradicionalmente, a posição do enunciador era codificada e vigiada pela instituição dos gêneros literários. Entretanto, e justamente a partir do fim do século XIX, as fronteiras entre os gêneros se esfumaram, até que, no século XX, numerosas vozes (bem diversas como procedência e como intenção) se levantassem contra a própria noção de gênero.

Paradoxalmente, a fronteira entre a obra poética e a obra crítica continua estável até nossos dias. Isto porque a distinção entre os dois tipos de obra é mais do que uma simples distinção genérica. A crítica não é nem literatura, nem não-literatura; é uma espécie de paraliteratura, quase diríamos uma pária-literatura.

Se Maurice Blanchot, Michel Butor e Roland Barthes contestam (cada um a seu modo) essa fronteira, e se isso cria problemas para os classificadores e causa espécie aos críticos tradicionais, é justamente porque essa fronteira se mantém, como expectativa social com relação à literatura.

Blanchot, por exemplo, justifica sua prática de escritura pela afirmação: "Um livro não pertence mais a um gênero, todo livro procede unicamente da literatura, como se esta detivesse de antemão, em sua generalidade, os segredos e as fórmulas que permitem dar ao que se escreve a realidade do livro."[15] Essa declaração poderia ser subscrita por Barthes, cujas obras repelem qualquer etiqueta genérica. Butor, embora defendendo a identidade entre a crítica e a invenção[16], respeita ainda a fronteira ao incluir algumas de suas obras na série crítica dos *Répertoire*.

O reconhecimento ou o não-reconhecimento da hierarquia e das fronteiras genéricas afetam profundamente a intertextualidade crítica. Com efeito, se não se considerar a distinção entre os dois tipos de obra, a obra crítica se encontrará apta a pôr em prática o mesmo tipo de intertextualidade que a obra poética: uma intertextualidade tácita, apropriativa e deformante, em vez de uma intertextualidade declarada e submissa.

Toda a questão se encontra assim resumida: "Haveria leis de criação válidas para o escritor mas não para o crítico?"[17]

▼ ▼ ▼ ▼ ▼

15. *Le livre à venir*, p. 293.
16. "La critique et l'invention", in: *Répertoire III*.
17. BARTHES, Roland, *Essais critiques*, p. 244.

Não temos a pretensão de responder a essa pergunta que Barthes deixa em suspenso. Trata-se aqui, a título de hipótese, de examinar uma possibilidade e suas conseqüências: a possibilidade de que se estabeleçam as mesmas leis (ou melhor, que se concedam as mesmas liberdades) para a crítica como para a "criação".

Se as leis forem as mesmas, os fenômenos de intertextualidade serão totalmente transtornados. Ora, se as fronteiras intertextuais são ainda bem demarcadas entre as obras de cada autor (a prática desabusada de Lautréamont ainda é revolucionária, a um século de distância!), elas o são ainda mais entre a obra do autor e a do crítico. De qualquer modo, o problema das fronteiras é ainda geral: "Como poderia ser uma paródia que não se exibisse como tal? Este é o problema colocado pela escritura moderna: como forçar o muro da enunciação, o muro da origem, o muro da propriedade?"[18]

Em alguns casos extremos (como o do próprio Barthes), a fusão parece iniciada. O muro está sendo forçado, e a tática escolhida não é a da demolição fragorosa mas a do deslocamento sorrateiro e progressivo: "A única resposta possível não é nem o ataque frontal nem a destruição, mas somente o roubo: fragmentar o texto antigo da cultura, da ciência, da literatura e disseminar seus traços segundo fórmulas irreconhecíveis, do mesmo modo que se disfarça [*maquille*] uma mercadoria roubada."[19]

Devemos distinguir aqui dois tipos de fronteira: a fronteira discursiva (ou genérica) e a fronteira textual. A primeira serve para distinguir dois tipos de discurso (em nosso caso: discurso poético e discurso crítico); a segunda define áreas

▼ ▼ ▼ ▼ ▼

18. *Id.*, *S/Z*, p. 52.
19. *Id.*, *Sade, Fourier, Loyola*, p. 15.

de propriedade, isto é, o campo das diferentes obras cuja integridade é protegida sob os nomes dos autores. A fronteira discursiva é abstrata, seu percurso é traçado pelo código dos gêneros; a fronteira textual aponta para o problema bem concreto dos direitos autorais. Nos dois casos, trata-se de uma questão de propriedade: ser próprio de = apropriado, adequado, conveniente (fronteira discursiva ou genérica); ou ser próprio de = pertencente a (fronteira textual).

A primeira fronteira parece oferecer menos resistência do que a segunda e isso se compreende, já que se trata de uma fronteira institucional, enquanto a segunda é diretamente econômica. Entretanto, quando a primeira é ultrapassada, a segunda é ameaçada. A infração à primeira acarreta sanções das autoridades competentes (Universidade, crítica oficial)[20], a infração à segunda pode custar ao infrator um processo por plágio. A verdadeira intertextualidade só será possível quando os dois muros tiverem caído, e isso implica a derrubada de muros bem mais vastos do que os da literatura.

3. Metalinguagem e intertextualidade

A questão da intertextualidade crítica se coloca diferentemente segundo o modo como se considerar a linguagem crítica: se a considerarmos como uma metalinguagem, a fronteira discursiva se manterá; se a considerarmos como plena linguagem (escritura), essa fronteira será abolida.

▼ ▼ ▼ ▼ ▼

20. Roland Barthes experimentou essas sanções quando seu livro *Sur Racine* desencadeou a ira de Raymond Picard, provocando a violenta polêmica sobre a *nouvelle critique*. Michel Butor até hoje não foi perdoado pela Universidade francesa por ter entrado nela através de "vias irregulares", isto é, seu trabalho de crítico-escritor.

Vejamos o que ocorre se consideramos a crítica como metalinguagem. Segundo o Barthes dos *Essais critiques*, o romancista e o poeta falam do mundo, o crítico fala do discurso de outrem. No discurso crítico, transparecem então dois tipos de relação: 1) relação da metalinguagem com a linguagem-objeto; 2) relação da linguagem-objeto com o mundo (que a metalinguagem não pode ignorar).

Entretanto, o crítico também está no mundo, sua linguagem é "uma das linguagens que sua época lhe propõe"[21]. Eis por que, de fato, a crítica é um diálogo entre duas histórias e duas subjetividades. Sendo esse diálogo "deportado para o presente", o que então aparece não é a verdade do passado mas "a construção do inteligível de nosso tempo".

Se consideramos a crítica como metalinguagem, todas as relações intertextuais são redobradas: duas linguagens, duas histórias, duas subjetividades.

O mesmo não acontece na intertextual idade poética? Quando Ducasse reescreve Pascal, não temos duas linguagens, duas histórias, duas subjetividades? Pascal não é deportado para o presente de Ducasse? Sim, mas a diferença é que aqui a fusão é perfeita, as juntas são invisíveis. O resultado é um discurso único e totalmente novo, o discurso ducassiano. Assistimos aqui a uma apropriação e a um englobamento.

Pelo contrário, o crítico que assume a metalinguagem não reescreve Pascal ou um outro, superpõe seu discurso, em transparência, ao discurso do autor, respeitando a hierarquia discursiva. Seu discurso tem a polidez de permanecer diáfano, o outro discurso conserva sua opacidade objectal. No discurso crítico ocorre uma duplicação, enquanto no discurso poético há unificação. Os problemas de intertextualidade

▼ ▼ ▼ ▼ ▼

21. *Essais critiques*, p. 257.

se encontram assim multiplicados na metalinguagem crítica, como trataremos de demonstrar.

Se compararmos o dialogismo poético, tal como ele foi definido por Bakhtin (e redefinido por Julia Kristeva), com o dialogismo crítico, tal como ele é definido por Barthes nos *Essais critiques*, obtemos uma multiplicação da *ambivalência*. Segundo Kristeva, os três elementos em diálogo (sujeito da escritura, destinatário, textos exteriores) se dispõem em dois eixos perpendiculares: o eixo horizontal (diálogo do sujeito da escritura com o destinatário virtual) e o eixo vertical (diálogo do texto com outros textos)[22].

No caso da metalinguagem, a esses dois eixos se sobrepõem outros dois: horizontal – diálogo do crítico com seu leitor virtual; vertical – diálogo do texto crítico com outros textos críticos. Essa superposição permite certos cruzamentos transversais: diálogo do crítico com o autor, diálogo do crítico com o leitor do autor (com aquele leitor atual que o autor não podia prever, aquele que a continuação da história e o renovamento da cultura lhe deram, por vezes a séculos de distância), diálogo do texto crítico com outros textos poéticos contemporâneos, anteriores ou posteriores àquele sobre o qual ele concentra sua atenção.

Essa complexidade quase vertiginosa do dialogismo metalingüístico não é, como se poderia crer, um enriqueci-

▼▼▼▼▼

22. A relação estabelecida por Kristeva entre eixo horizontal/eixo vertical e diálogo/ambivalência não nos parece pertinente. Em Bakhtin, os termos *diálogo* e *ambivalência* não constituem uma oposição horizontal/vertical. O diálogo pode ocorrer tanto no eixo horizontal como no eixo vertical. A ambivalência, por sua vez, é a característica, a qualidade, o valor do "diálogo dialógico" (que nos seja permitida a expressão, já que a própria Kristeva lembra que um diálogo pode ser monológico, assim como um monólogo pode ser dialógico). Resumindo: o *diálogo* é um fenômeno, a *ambivalência* uma qualidade; a conseqüência do diálogo, nos dois eixos, é a ambivalência do discurso.

mento da intertextualidade. Em verdade, não se trata aí de uma intertextualidade plena porque essas múltiplas relações seriam decorrências da manutenção da fronteira discursiva e da fronteira textual. Ora, não pode haver intertextualidade, no sentido forte do termo, senão quando essas fronteiras forem abolidas pela força avassaladora da escritura.

Aliás, no próprio livro em que Barthes definia a crítica como metalinguagem de tipo lógico, outras propostas, outros desejos barthesianos o desmentiam, anunciando outra coisa: uma crítica-escritura. O projeto crítico de uma metalinguagem (forçosamente reprodutiva e não produtiva) só se aplica a uma crítica estruturalista-semiológica.

Nesse tipo de crítica, não pode haver verdadeira intertextualidade, mas tão-somente uma transcrição mais ou menos rigorosa que visa a tornar inteligíveis as estruturas significantes do sistema-objeto, isto é, que visa a torná-lo legível.

Esse tipo de linguagem tem por objeto *explicitar* uma outra linguagem. Não podemos imaginar uma metalinguagem de tipo lógico que deixe suspensos os sentidos, que se permita reticências, sugestões inconscientes ou sensoriais, que assuma em sua própria textura os não-ditos do inconsciente, suas perdas incalculáveis, que favoreça a proliferação indefinida dos sentidos.

Quando o crítico não pretende ser um lógico mas um escritor, ele se acha implicado naquele "engano" que, segundo Barthes, define a literatura. O engano consiste em "tomar cada variação do escritor por um tema sólido, cujo sentido seria imediato e definitivo. Esse engano não é irrelevante, ele constitui a própria literatura, e mais precisamente aquele diálogo infinito da crítica e da obra, que faz com que o tempo literário seja tanto o tempo dos autores que avançam quanto o tempo da crítica que os retoma, menos para dar um sentido à obra enigmática do que para destruir aqueles de que ela está imediatamente e para sempre sobrecarregada"[23].

Esse "diálogo infinito" só se pode travar como intertextualidade plena, como circuito de trocas e perdas entre duas linguagens mutuamente subversivas porque poéticas, e não como tranqüila superposição de uma metalinguagem explicativa e uma linguagem-objeto explicável[24].

A análise semiológica revelará fenômenos de intertextualidade, mas a atividade semiológica ela mesma não é intertextual. O discurso do semiólogo não trava um diálogo com o texto analisado, desenvolve apenas uma fala superposta. Ele procura apenas determinar as condições em que o texto pode falar, tentando recobrir a fala do texto com sua fala transparente e esquemática – uma espécie de vestimenta que sublinha as linhas do corpo para que melhor se possa vê-lo.

Só a crítica-escritura pode ser um discurso verdadeiramente intertextual. Nela, não se trata de *recobrir explicitando*, mas de *recobrir ambigüizando* (isso é a disseminação, isso é a significância). O novo texto terá as mesmas características de densidade sêmica, de suspensão de sentidos, de fundamental ambigüidade e de abertura escritural que são as do texto poético.

Na crítica-escritura, haverá realmente um diálogo entre obras, porque a nova fala se colocará em condições de igualdade com aquela que lhe serve de *pré-texto*. O crítico não se porá

▼ ▼ ▼ ▼ ▼

23. *Essais critiques*, p. 10.
24. "Um texto de nível superior intervirá com relação aos textos de nível inferior como uma linguagem de descrição. E, por sua vez, a linguagem de descrição dos textos artísticos, numa relação determinada, é isomorfa a esses textos. Outra conseqüência é o fato de que uma descrição do nível mais elevado (p. ex.: um 'texto artístico') que contiver somente relações sistêmicas, será uma linguagem para a descrição de outros textos, mas ela própria não será um texto (conforme a regra segundo a qual um texto, sendo um sistema materializado, contém elementos extra-sistêmicos)." (LOTMAN, Iouri, *La structure du texte artistique*, p. 96.)

diante dela como um explicador de ambigüidades mas como um desenvolvedor de ambigüidades, isto é, como um escritor.

A possibilidade de uma crítica-escritura escapava às considerações de Julia Kristeva, em "Pour une sémiologie des paragrammes". Segundo ela, a ciência paragramática (isto é, a ciência que permitirá o estudo dos fenômenos da intertextualidade) *só* será possível no encontro de "uma formalização isomorfa à produtividade literária pensando a si mesma". Essa formalização, a seu ver, *só* pode ser elaborada a partir de duas metodologias: 1) as matemáticas e as metamatemáticas; 2) a lingüística transformacional.

Examinemos rapidamente essas conclusões radicais. Aceitemos que, enquanto *ciência*, o único caminho para o paragramatismo seja a formalização. Aceitemos igualmente que só haja os dois caminhos referidos para essa formalização. Mas a própria Kristeva exprime sua pouca confiança na eficácia de tal ciência: "Esta ciência paragramática, como toda ciência, não poderá prestar contas de toda a complexidade de seu objeto, ainda menos quando se trata dos paragramas literários. Não temos a ilusão de que uma estrutura abstrata e geral possa dar uma leitura total de uma estrutura específica. Entretanto, o esforço de captar a lógica dos paragramas num nível abstrato é o único meio de ultrapassar o psicologismo ou o sociologismo vulgares, que não vêem na lógica poética mais do que uma expressão ou um reflexo, eliminando assim suas particularidades. O problema que então se coloca para o semiótico é o de escolher entre o *silêncio* ou uma *formalização* que tem a perspectiva, tentando construir-se ela mesma como paragrama (como construção e como máxima), de se tornar cada vez mais isomorfa aos paragramas poéticos."[25]

▼ ▼ ▼ ▼

---

25. *Sémeiotikè – Recherches pour une sémanalyse*, p. 207.

O otimismo relativo ao progresso dessa ciência vê-se notadamente diminuído pela expressão "cada vez mais", pois no extremo desse "cada vez mais" o que encontramos é a linguagem poética. Está claro que nenhuma ciência pretende prestar contas integralmente de seu objeto, e que o avanço científico só ocorre a partir da modéstia fundamental do "cada vez mais", da constante reformulação. Mas no caso do fenômeno poético, a ciência não nos parece fadada ao progresso, mas ao afastamento e à perda do objeto. Quanto mais se afinarem as formalizações, mais elas se tornarão objetos inúteis, como peneiras cada vez mais finas tentando reter a passagem de um líquido.

Que os semiólogos afinem suas peneiras ou se calem. Mas, desse silêncio, não poderia brotar um outro discurso paragramático, que seria uma escritura e não um discurso científico?

O próprio Bakhtin abre essa possibilidade. O primeiro teorizador do futuro paragramatismo não é, segundo a mesma Kristeva, "um escritor tanto quanto um cientista"[26]? Embora trabalhando numa linha que não é a da formalização, Bakhtin não conseguiu escapar ao psicologismo e ao sociologismo vulgar?

Por outras palavras: a ciência paragramática não poderia desenvolver-se no discurso verbal? A escritura não teria um valor de conhecimento?

Acreditamos que o conhecimento almejado (no caso, o do funcionamento da linguagem poética) tem mais chances de ser alcançado na própria linguagem verbal do que na formalização não-verbal. Não se tratará, porém, de conhecer "cada vez mais". Assim como a poesia não é "cada vez mais" mas "cada vez outra", uma crítica-escritura será "cada vez

▼ ▼ ▼ ▼ ▼

26. *Sémeiotikè – Recherches pour une sémanalyse*, p. 144.

outra". Tal discurso, situado em plena intertextualidade, explicitará, em sua própria *práxis*, a *práxis* poética.

4. A obra inacabada

A primeira condição para a intertextualidade é que as obras se dêem como inacabadas, isto é, que elas permitam e solicitem um prosseguimento. Para Bakhtin, "inacabamento de princípio" e abertura dialógica" são sinônimos[27]. Com efeito, só pode haver diálogo se a primeira palavra se abrir e deixar lugar para uma outra palavra.

Os textos da modernidade abrem-se ao diálogo e fecham-se à reprodução; só permitem que se escreva a partir deles e não sobre eles. Esses textos exigem pois, da crítica, um texto de escritura e não um discurso de escrevência; eles não são legíveis mas escriptíveis.

De certo modo, a crítica consiste sempre em considerar a obra como inacabada, "imperfeita" (no sentido em que as capelas de Batalha são chamadas "imperfeitas") e, por isso, merecedora e exigente de continuação: "A atividade crítica consiste em considerar as obras como inacabadas; a atividade poética, a 'inspiração', manifesta a própria realidade como inacabada."[28]

A obra "acabada" é a obra historicamente liquidada, aquela que não diz nada ao homem (ao escritor) de hoje, que não lhe permite dizer mais nada. A obra inacabada, pelo contrário, é a obra prospectiva que avança pelo presente e impele para o futuro. "A obra inacabada é a necessidade, para nós, de uma invenção, e, assim sendo, percebe-se bem que o crítico mais exato, o mais respeitoso, é aquele cuja invenção

▼ ▼ ▼ ▼ ▼

27. *La poétique de Dostoiévski*, p. 347.
28. BUTOR, Michel, *Répertoire III*, p. 20.

consegue prolongar a do autor, e fazer com que este entre de tal forma em si mesmo que ele conseguirá transformar sua imaginação numa parte da sua própria."[29]

A semelhança dessa concepção butoriana da crítica com o conceito barthesiano de texto escriptível parece clara, com a diferença de que Butor fala em "prolongar" onde Barthes fala em "reescrever", de que Butor acredita apesar de tudo num "crítico exato e respeitoso", enquanto Barthes assume a infidelidade e a apropriação como inerentes a qualquer escritura.

O que Butor deseja não é refazer, mas continuar: "Fazer crítica é considerar que o texto de que se fala não é suficiente por ele mesmo, que é preciso acrescentar-lhe algumas páginas ou alguns milhares, portanto, que ele é apenas um fragmento de uma obra mais clara, mais rica, mais interessante, formada por ele próprio e por tudo o que dele se disser."[30]

Encontramos o eco em Barthes: "Escrever é procurar, a descoberto, a maior linguagem, aquela que é a forma de todas as outras..."[31]; "Há uma circularidade infinita das linguagens, eis um pequeno segmento do círculo."[32] A diferença se torna evidente. Butor tem uma concepção monumental da literatura; a visão da obra como fragmentária implica o sonho de uma obra total, perfeita, onde cada fragmento encontraria seu lugar harmonioso; sonho de realização da história, projeto apocalíptico. Em Barthes, existe uma generalidade da linguagem como modelo, mas não das obras, como construções tendentes para um acabamento. Em Barthes, a circularidade

▼▼▼▼▼

29. *Id.*, p. 16.
30. *Id.*, p. 16.
31. *Essais critiques*, p. 10.
32. *Id.*, p. 9.

infinita das linguagens, em vez de conduzir progressivamente a uma totalidade, dissemina os fragmentos, avança em perda, apagando as pegadas de outrem como as suas próprias.

No intertexto barthesiano, as hierarquias são verdadeiramente abolidas: "Proust é o que me vem, não o que eu chamo: não é uma 'autoridade', simplesmente uma *lembrança circular*. E é exatamente isto o intertexto: a impossibilidade de viver fora do texto infinito, que esse texto seja Proust ou o jornal quotidiano, ou o vídeo da televisão: o livro faz o sentido, o sentido faz a vida."[33]

A essas duas vozes, poderíamos acrescentar outra, igualmente harmoniosa em sua dissonância, a de Maurice Blanchot: "No entanto a obra – a obra de arte, a obra literária – não é nem acabada nem inacabada: ela é. O que ela diz é exclusivamente isto: que ela é – e nada mais [...] Aquele que vive na dependência da obra, quer para escrevê-la, quer para lê-la, pertence à solidão daquilo que só exprime a palavra ser [...] A solidão da obra tem, como primeira moldura, essa ausência de exigência que nunca permite dizê-la acabada ou inacabada [...] Quem a lê entra na solidão da obra como quem a escreve pertence ao risco dessa solidão."[34] E em outro lugar: "A leitura faz com que a obra se torne obra [...] ela deixa ser o que é."[35]

A atitude de Blanchot parece opor-se à de Butor e à de Barthes, diferindo delas ainda mais do que elas diferem entre si. Como explicar que as três atitudes conduzam ao mesmo resultado, isto é, à indiferenciação entre obra poética e obra crítica, unidas na prática comum da escritura?

▼ ▼ ▼ ▼ ▼

33. *Le plaisir du texte*, p. 59.
34. *L'espace littéraire*, p. 11.
35. *Id.*, p. 257.

A diferença entre Butor e Barthes é que o primeiro propõe uma continuidade na linha da história, em direção a uma totalidade impossível mas desejada (não um projeto mas uma nostalgia hegeliana). Barthes coloca não uma continuidade mas uma contiguidade dos discursos, uma circularidade que abole o tempo e o espaço, um intertexto infinito (o adjetivo "infinito" é uma marca estilística de Barthes). Em ambos há o sonho da "maior linguagem", mas esta é concebida diferentemente por cada um deles: em Butor, como monumentalidade, em Barthes como disseminação.

Como Barthes e Butor, Blanchot afirma a abertura da obra: "O poeta é aquele que, por seu sacrifício, mantém em sua obra a pergunta aberta."[36] Mas o que orienta toda a reflexão de Blanchot é o sonho da origem; nele, todos os sentidos são aspirados por um centro indefinidamente recuado. A obra está aberta no sentido da volta, em direção à morte e ao silêncio.

Como bem diz Barthes, "a obra de Blanchot representa uma espécie de epopéia do sentido, adâmica, por assim dizer, já que é a epopéia do primeiro homem *antes do sentido*"[37]. Desenvolvendo seu comentário a Blanchot, Barthes distingue três atitudes com relação ao sentido: 1) fazer sentido (o que é fácil e próprio da cultura de massa); 2) suspender o sentido (o que é arte); 3) anular (*néantiser*) o sentido (projeto desesperado porque o "fora-do-sentido" é absorvido pelo "não-sentido" (*non-sens*) absurdo, assumindo então uma significação indesejada).

O projeto de Blanchot é um projeto desesperado, que desemboca no silêncio ou toma involuntariamente um ar de

▼ ▼ ▼ ▼ ▼

36. *Id.*, p. 337.
37. *Essais critiques*, p. 269.

palavra absurda. O projeto de Barthes corresponde ao segundo tipo: suspender o sentido. Quanto a Butor, diríamos que ele se encontra na fronteira entre o sentido suspenso e um desejo de fazer sentido, não como sentido de massa (a redução barthesiana nos parece excessiva) mas como sentido filosófico humanista.

Essas três orientações podem conduzir à intertextualidade, mas teremos três tipos de intertextualidade. O dialogismo de Butor é construtivo, o de Barthes é disseminador; no de Blanchot, os interlocutores discorrerão eternamente sobre o silêncio ao qual aspiram, como origem perdida, e que os aspira, na identidade do malogro e da morte.

Se se tratasse de uma gravação em fita, Butor intercalaria vozes numa longa fala construtiva[38], Barthes faria um *brouillage*, uma mixagem de vozes superpostas[39] e Blanchot gravaria uma voz, sempre a mesma, que diria a necessidade de apagar toda gravação[40].

Não poderíamos terminar este capítulo sem nos referirmos a outro problema ainda mais vasto. O que hoje verificamos não é só uma dissolução das fronteiras entre os gêneros literários mas também uma abolição das fronteiras entre as diferentes artes. As experiências de "arte conceitual", que se apresentam não como obra unificada e materialmente homogênea, mas como documentação de uma experiência artística incluindo textos, esquemas gráficos, fotografias, trilha sonora etc., são um exemplo de atividade pluriartística. O próprio cinema, para não ir mais longe, é uma demonstração da integração de várias artes.

▼ ▼ ▼ ▼

38. Isto é *Mobile*.
39. Isto é *Roland Barthes par Roland Barthes*.
40. Isto é toda a obra de Blanchot.

Ora, esse fenômeno também atinge a crítica, e Butor já sugere a possibilidade de uma crítica não só intertextual mas interartística: "Faço votos de que surja uma música, uma pintura, integrando a matéria romanesca, podendo servir de crítica a esta última."[41] Tal música, tal pintura seriam a contrapartida dos textos que o próprio Butor tem escrito não "a respeito de" mas integrando, estruturalmente, a música e a pintura em sua escritura[42].

▼ ▼ ▼ ▼ ▼
41. *Répertoire II*, p. 43.
42. O filme realizado com um roteiro de Butor, "Lautréamont court métrage", é um exemplo de "crítica literária" realizada numa outra linguagem. Este filme funciona como crítica na medida em que sua montagem nos leva a uma determinada leitura dos *Chants de Maldoror* e das *Poésies*. Este "curta-metragem", que não é um documentário, foi exibido pela televisão francesa em janeiro de 1975. Seu roteiro se encontra em *Répertoire IV*.

CAPÍTULO IV

OS CRÍTICOS-ESCRITORES

"Des livres critiques sont donc nés, s'offrant à la lecture selon les mêmes voies que l'œuvre proprement littéraire, bien que leurs auteurs ne soient, par statut, que des critiques, et non des écrivains. Si la critique nouvelle a quelque réalité, elle est là: non dans l'unité de ses méthodes, encore moins dans le snobisme qui, dit-on commodément, la soutient, mais dans la solitude de l'acte critique, affirmé désormais, loin des alibis de la science ou des institutions, comme un acte de pleine écriture."★

ROLAND BARTHES,
Critique et vérité, p. 46.

1. Crítica-arte e crítica-escritura

Chegou o momento de enfrentar nosso objeto em sua perturbadora duplicidade.

Captar os aspectos críticos da crítica-escritura não constitui uma grande dificuldade, se adotarmos uma concepção já estabelecida das características do discurso crítico e de suas finalidades. Na crítica-escritura, a crítica é a sobrevivência do mais antigo e conhecido; o que coloca problemas é o novo, isto é, a escritura.

A obra crítica tradicional é uma *dissertatio*, isto é, um discurso em que se desenvolvem considerações sobre uma questão precisa, no caso uma obra poética. A dissertação implica racionalidade, distância, objetividade, fidelidade e dependência com

▼ ▼ ▼ ▼ ▼

★ "Livros críticos nasceram então, oferecendo-se à leitura segundo as mesmas vias da obra propriamente literária, embora seus autores sejam, por estatuto, apenas críticos, e não escritores. Se a nova crítica tem alguma realidade, ela está nisto: não na unidade de seus métodos, ainda menos no esnobismo que, diz-se comodamente, a sustenta, mas na solidão do ato crítico, afirmado doravante, longe dos álibis da ciência ou das instituições, como ato de plena escritura."

relação ao objeto tratado. Os objetivos da dissertação crítica são: compreender, comparar, classificar e avaliar (excluímos a palavra *julgar*, de conotações éticas), para auxiliar a leitura, a compreensão e a apreciação de outros leitores. Trata-se, portanto, de um discurso em que se fundem os três tipos de discurso definidos pela mais antiga retórica: discurso deliberativo, discurso judiciário e discurso epidítico (Cícero, Quintiliano, Denis de Halicarnasso) e que só acessoriamente pode ser um discurso "belo", em que se manifestam a *inventio*, a *dispositio* e a *elocutio*.

Para uma definição da crítica que chamamos, até aqui sem muito rigor, de "tradicional", apoiar-nos-emos nas posições de Albert Thibaudet, excelente crítico do século XX na linha da tradição do século XIX (encarnada sobretudo por Sainte-Beuve) e, além disso, aquele que, na França e no século XX, desenvolveu a reflexão mais constante e mais metódica a respeito de seu ofício.

A definição de Thibaudet é sobretudo funcional: "Tomo a palavra ('crítica') em seu sentido bem material: um corpo de escritores mais ou menos especializados, que têm por profissão falar dos livros, e que, escrevendo sobre os livros dos outros, fazem livros onde os píncaros do gênio ainda não foram atingidos, mas cuja média não tem nenhuma razão de valer menos do que a média dos outros livros."[1]

Para Thibaudet, a crítica tem um elemento de criação, mas não pode nem deve aspirar a ser criação pura, porque o objetivo do crítico é a verdade (de um objeto concreto diante do qual ele se coloca) e seu discurso tem um dever de verificabilidade: "Importa-nos muito que o quadro do crítico se pareça, o mais possível, com o homem ou a obra reais."[2] De um romance, pelo contrário, não se exige tal fidelidade.

▼ ▼ ▼ ▼ ▼

1. *Physiologie de la critique*, p. 7.
2. *Id.*, p. 192.

Esse dever de adequação à verdade impede que a crítica seja totalmente criativa: "A crítica criativa é um ideal teórico impossível de atingir, mas que nos atrai, nos aquece, nos ilumina."[3] Analisar (criticar) e construir (criar) são operações inconciliáveis: "Mesmo sob seu aspecto construtivo, sob sua figura criativa, o espírito crítico corresponde a algo que se desfaz mais do que a algo que se faz. Época crítica se opunha, para os saint-simonianos, a época orgânica, e gênio crítico se opõe sempre, de modo certo, a gênio orgânico. Nunca se poderá fazer coincidir, mesmo no plano mais elevado do gênio, duas operações tão distintas, tão opostas, como criar e compreender. [...] A crítica só pode perseverar em seu ser, empregando a criação a serviço da inteligência e não, como o artista, a inteligência a serviço da criação."[4]

A atitude de Thibaudet nos parece exemplar, na concepção da crítica tradicional, mas poderíamos citar na mesma linha e oriundas de princípios semelhantes as concepções de I. A. Richards (para quem a crítica é antes de tudo *good reading*, busca do sentido das obras), de T. S. Eliot (que, mesmo valorizando a "crítica de artista", afirma que a boa crítica é o equilíbrio entre *understanding* e *enjoyment*), de Jean Paulhan (que coloca a ênfase sobre o julgamento), de Georges Poulet (que vê a boa crítica a meio caminho entre a compreensão e a união), de Jean Starobinski (que a situa entre a relação e a diferença). Para todos eles, está excluída a possibilidade de uma crítica de pura criação, para todos eles a crítica-escritura é impossível.

A crítica literária é portanto algo de suficientemente definido, sobre o qual numerosos teóricos estão de acordo, quanto às linhas fundamentais e aos objetivos finais. Resta-

▼ ▼ ▼ ▼ ▼

3. *Id.*, p. 198.
4. *Id.*, p. 210.

nos verificar se, nos textos de certos críticos contemporâneos, existem ainda essas características e finalidades definidas tradicionalmente. É o que veremos mais adiante.

Quanto à escritura, e como captá-la, o problema é mais árduo. A escritura é a quase-incógnita de nossa equação. Segundo vimos anteriormente, a noção de escritura consiste num feixe de traços distintivos, não suficientemente precisos para que cheguem a definir um conceito. Se, para alguns, essa imprecisão relativa poderá ser encarada como prova da inexistência do objeto, a estes poderíamos responder que a escritura é sobretudo uma prática, um fazer, uma *poiesis*, que escapa a uma existência conceitual por suas próprias características de irrepetibilidade, de gasto (*dépense*), de auto-esgotamento e autofinalidade. Esperamos já ter dado, nos capítulos anteriores, indicações suficientes para que se perceba que esses traços distintivos não se identificam com os da "literatura", no sentido tradicional do termo.

Não tentaremos pois, de modo algum, analisar determinados textos para recolher determinados fragmentos e autenticá-los como peças de escritura. Esta espécie de pesca é infrutífera porque a escritura é um fenômeno global de enunciação, algo que só se manifesta nas relações de um conjunto não desmontável. É isso, precisamente, que distingue a escritura do estilo. Os recursos de estilo podem ser examinados isoladamente, e o êxito maior ou menor de sua utilização literária pode ser avaliado com apoio em uma retórica (repertório de figuras), em uma estilística (uso particular da língua), em uma poética (departamento da teoria do discurso de fundamento lingüístico).

Em face da escritura, a retórica ou sua sucessora histórica, a estilística, podem oferecer-nos uma entrada, mas não nos levarão muito longe. O auxílio dessas disciplinas será, de qualquer modo, muito menor do que aquele que elas concedem à leitura das obras literárias do passado, polissêmicas mas não plurais, produtos de um sujeito mas não perda do sujeito na linguagem, construção e não disseminação.

Uma análise estilística não é portanto suficiente para colher os fenômenos da escritura, em geral, e da crítica-escritura, em particular. A chamada "análise estrutural" também é insuficiente para nossos objetivos. Essa tentativa pioneira, que abriu muitos caminhos à teoria do discurso e à crítica literária, funciona para os textos legíveis (da literatura) mas não para os textos escriptíveis (da escritura).

Também não nos pode socorrer a análise do discurso tal como a praticam atualmente alguns lingüistas. A formalização lógico-matemática dos enunciados está longe de ser uma rede suficientemente fina para captar os fenômenos sutilíssimos da escritura. Sem menosprezar os trabalhos importantes de teoria do discurso que estão sendo realizados em vários centros lingüísticos, tudo nos leva a crer que ainda estamos a alguns anos-luz da formalização do texto literário e, com maior razão, do texto de escritura.

Rendamo-nos à evidência fascinante e assustadora: a escritura só pode ser colhida por outra escritura. Ora, por obediência ao gênero tese e talvez por temor ou incapacidade de nos aventurarmos na escritura, limitar-nos-emos a levantar, nos textos que adiante analisaremos, algumas características de escritura (portanto, de escripturabilidade). O que significa que não satisfaremos nem aos que esperam de nós uma verdadeira tese, nem aos que, mais ousados e generosos, esperam encontrar em nós uma crítica-escritora. Nossa empresa será pouco científica para os primeiros, pouco artística para os segundos. Paciência. Aqui estamos como aprendiz de feiticeiro, temerariamente.

Uma última precisão, antes de passar à parte prática de nosso trabalho. Ao longo das páginas precedentes, alguns leitores poderão ter objetado mentalmente que aquilo que pretendemos apresentar como novo não o é, que, em toda a história da literatura, os bons críticos sempre foram escritores e que muitos escritores escreveram páginas poéticas de valor crítico. Aceitaríamos essas objeções como evidências, mas precisaríamos certos pontos.

A mesma distinção entre literatura e escritura nos serve para distinguir os "críticos-artistas" do passado (críticos *e* artistas, ou artistas *e* críticos) dos críticos-escritores de hoje. Dentro da literatura, as funções estavam suficientemente definidas, as fronteiras genéricas traçadas (mesmo se de modo flexível, já que as fronteiras nítidas nunca existiram senão abstratamente, nos tratados), e a fusão crítica e criação era inconcebível.

Os críticos-artistas – um Sainte-Beuve, um Thibaudet – eram bons estilistas sem ser verdadeiramente escritores; seu objetivo primordial era explicar, classificar, avaliar, mesmo se, além disso, seus textos eram semeados de imagens, de "belezas" literárias. Por sua vez, os artistas-críticos – um Hugo, um Baudelaire – continuavam sendo antes de tudo poetas, e neles o objetivo crítico inicial se esfuma, quando não se perde totalmente. Também podia ocorrer que eles se desdobrassem, produzindo dois tipos de texto, um de poesia, outro de crítica, mas não exatamente a fusão dos dois num único texto. Somente a escritura, como prática poético-crítica manifestada do fim do século XIX para cá, permite a fusão total de duas atividades antes irreconciliáveis, para além das questões de gênero e de estilo.

Exemplificando: Sainte-Beuve foi um soberbo estilista, assim como Thibaudet, mais próximo de nós mas na mesma linha da tradição crítica. Suas páginas estão repletas de imagens poéticas que podemos isolar e citar como belos fragmentos literários, antológicos. Ora, dos críticos-escritores de hoje só podemos citar o que ainda é literário (imagens, frases de ritmo harmonioso) e não o que é propriamente escritural: relações estruturais, enunciação, pluralidade sêmica.

As relações estruturais podem ser apontadas, mas só na totalidade do texto em que elas se travam elas mantêm sua força escritural: alguns fenômenos de enunciação podem ser isolados, mas só no encadeamento concreto do texto pode ser sentida, a enunciação como presença e *jouissance*; alguns sentidos podem ser precisados, mas a significância é algo aberto, disseminado, circulante, portanto irrecuperável fora do próprio texto onde os sentidos "cintilam".

Um fragmento de Sainte-Beuve nos mostrará que ele era *também* escritor a suas horas. Lembre-se um de seus *portraits*, como o de Alfred de Musset:

> C'était le printemps même, tout un printemps de poésie qui éclatait à nos yeux. Il n'avait pas dix-huit ans. Le front mâle et fier, la joue en fleur et qui gardait encore les roses de l'enfance, la narine enflée du soufle du désir, il s'avançait le talon sonnant et l'oeil au ciel, comme assuré de sa conquête et tout plein de l'orgueil de la vie. Nul, au premier aspect, ne donnait mieux l'idée du génie adolescent [...]
>
> Admirons, continuons d'aimer et d'honorer dans sa meilleure part l'âme profonde ou légère qu'il a exhalée dans ses chants; mais tirons-nous aussi cette conséquence de l'infirmité inhérente à notre être, et de ne nous enorgueillir jamais des dons que l'humaine nature a reçus.[5]

Ou o retrato de Stendhal:

> Au physique, et sans être petit, il eut de bonne heure la taille forte et ramassée, le cou court et sanguin; son visage plein s'en-

▼ ▼ ▼ ▼

5. *Causeries du lundi*, 11 de maio de 1857, t. IX, pp. 298 e 306.

cadrait de favoris et de cheveux bruns frisés, artificiels vers la fin; le front était beau, le nez retroussé et quelque peu à la kalmouck; la lèvre inférieure avançait légèrement et s'annonçait pour moqueuse. L'oeil assez petit, mais très vif, sous une voûte sourcilière prononcée, était fort joli dans le sourire. Jeune, il avait eu un certain renom dans les bals de cour par la beauté de sa jambe, ce qu'on remarquait alors. Il avait la main petite et fine, dont il était fier. Il devint lourd et apoplectique dans ses dernières années, mais il était fort soigneux à dissimuler, même à ses amis, les indices de décadence.[6]

Esses retratos nada ficam a dever às descrições de personagens nos grandes romances da mesma época. São eles de uma precisão, de um poder sugestivo tal ("il s'avançait le talon sonnant et l'oeil au ciel"; "le nez retroussé et quelque peu à la kalmouck; la lèvre inférieure avançait légèrement et s'annonçait pour moqueuse"), que atestam a garra de um verdadeiro escritor. Mas esses retratos se traçam em função da crítica, trazem as marcas da enunciação de um crítico. Nota-se, nas caracterizações de Sainte-Beuve, um certo mimetismo com relação ao estilo dos autores retratados: o retrato de Musset é lírico e romântico, o de Stendhal já tem uma crueldade que anuncia o realismo. Também não podemos deixar de sentir, nesses necrológios (e Sainte-Beuve teve a oportunidade de escrever muitos necrológios), o sabor de vingança do *crítico* contra o *poeta* e o *romancista*: a ele pertence a palavra final, a moral da história, a Verdade, depois da longa humilhação de ser apenas um crítico.

Da mesma forma, e inversamente, podemos mostrar num trecho de Victor Hugo que, ao fazer crítica, ele *ainda* era poeta:

> Chose lamentable à dire, la Grèce et Rome ont laissé des ruines de livres. Toute une façade de l'esprit humain à moitié écroulée,

▼ ▼ ▼ ▼ ▼

6. *Id.*, 9 de janeiro de 1854, t. IX, pp. 272-3.

voilà l'antiquité. Ici, la masure d'une épopée, là une tragédie démantelée; de grands vers frustres enfouis et défigurés, les frontons d'idées aux trois quarts tombés, des génies tronqués comme des colonnes, des palais de pensée sans plafond et sans porte, des ossements de poèmes, une tête de mort qui a été une strophe, l'immortalité en décombres. On rêve sinistrement. L'oubli, cette araignée, suspend sa toile entre le drame d'Eschyle et l'histoire de Tacite.[7]

Mesmo sem proceder a uma análise pormenorizada deste belíssimo exemplar literário, poderíamos facilmente fazer notar que sua poeticidade resulta em grande parte de recursos estilísticos, retóricos e prosódicos que são os mesmos da "literatura Hugo". Além da riqueza metafórica que produz uma alegoria delirante, visionária, atente-se para as numerosas rimas interiores e finais ("à moiti*e* *é*croulée, voilà l'antiquit*é*"; "ici, la masure d'une *é*popée, là une tragédie démantelée"; "défigur*és*", "id*ées*", "tomb*és*"; "tronqu*és*"; "pensée" / "fron*tons*"; "*tom*bés"; "*tron*qués"; "plaf*ond*"; "déc*om*bres" / "p*or*te"; "m*or*t"; "str*o*phe" / "r*ê*ve"; "sinist*r*ement"), para a presença de verdadeiros alexandrinos ("de grands vers frustres enfouis et défigurés") e de decassílabos ("les frontons d'idées aux trois quarts tombés"). Sem falar no uso sonoro dos nomes próprios Eschyle e Tacite, habitual num poeta que compôs poemas inteiros somente com esse tipo de nome, e do jogo fônico-semântico com palavras de duplo sentido ("vers", que designa os versos dos poetas mas que também, sendo "frustres et enfouis", insinuam-se como vermes na caveira adiante referida: "Tacite", que designa o historiador mas aponta também para o silêncio da História).

Se Sainte-Beuve *também* era escritor, e Victor Hugo *ainda* era poeta, só o primeiro é verdadeiramente crítico e o se-

▼▼▼▼

7. *William Shakespeare.*

gundo verdadeiramente poeta. Na distribuição genérica do século XIX, não era possível que as duas funções se fundissem realmente no mesmo texto. Sainte-Beuve explicava, classificava, julgava, mesmo se revestisse sua crítica de artifícios literários; Victor Hugo fazia poemas (belos objetos inúteis) em verso ou em prosa, mesmo se o pretexto fosse Shakespeare, Dante ou Cervantes, a respeito dos quais, aliás, ele não dizia rigorosamente nada. Como diz Thibaudet, Hugo crítico só fala de um poeta: Hugo. Diríamos mais: ele não fala Hugo, ele *faz* Hugo, ele produz *du Hugo*.

Ora, os críticos-escritores que daqui por diante nos ocuparão não são críticos que escrevem bem, nem escritores que também sabem criticar, mas autores que se lançam numa aventura totalmente nova, um discurso ambíguo e ambivalente, sem predominâncias nem junturas.

2. A crítica-obsessão de Blanchot

"Interrogar-se acerca da arte, como faz o esteta, não tem relação com a preocupação da arte. A estética fala da arte, faz dela um objeto de reflexão e de saber. Explica-a, reduzindo-a, ou então exalta-a, esclarecendo-a, mas, de qualquer modo, a arte é para o esteta uma realidade presente em torno da qual ele eleva, sem perigo, pensamentos prováveis."[8]

Maurice Blanchot não é um esteta, alguém que olha a obra de fora e erige sobre ela um discurso sem risco. Blanchot fala a obra literária de dentro da escritura, na vizinhança perigosa do "centro da esfera" (origem, silêncio e morte). Malogra em dizer esse centro, mas persiste, dizendo e redizendo incessantemente a impossibilidade da obra.

▼ ▼ ▼ ▼ ▼

8. *L'espace littéraire*, p. 317.

O que ocorre em seus livros de "ficção"[9], ocorre em seus livros de "crítica": a mesma busca obsessiva, malograda, persistente. Assim como a obra literária tornou-se impossível, com a morte dos deuses (a obra nunca será a Obra), a obra crítica é vã (onde falha o escritor, falha também o crítico). A obra crítica, como qualquer obra literária, encontrará a barreira do silêncio, experimentará a linguagem como autodestruição.

Uma leitura atenta da obra crítica de Blanchot nos mostrará que, tratando de numerosos escritores de várias nacionalidades, o que o crítico diz é sempre a mesma coisa. Admirável "mesma coisa" que o fascina e prende, que nos prende e fascina quando a encontramos e reencontramos, num infindável re-dizer[10].

Esses escritores são sempre o mesmo escritor, em face dos mesmos problemas. Cada escritor encontra a mesma violenta exigência da literatura, diante da qual só é possível resistir (abandonando a luta) ou sucumbir, num mergulho sem volta no centro da esfera.

Em *L'espace littéraire* encontramos uma página, exemplar entre muitas, na qual Blanchot define as duas atitudes possíveis diante dessa fascinação:

"Uma obra está acabada, não quando ela o está, mas quando aquele que dentro dela trabalha pode também terminá-la de fora, não se encontra mais retido interiormente pela obra, a ela está ligado por uma parte dele mesmo da qual se sente livre, parte da qual a obra contribuiu a libertá-lo. No entanto, esse desenlace ideal nunca é totalmente justificado. Muitas obras nos tocam porque nelas se vê ainda a marca do autor, que delas

▼ ▼ ▼ ▼ ▼

9. *Thomas l'obscur* (nova versão), *Aminadab*, *Le Très-Haut*, *Le dernier mot*, *L'arrêt de mort*, *Le dernier homme* etc.
10. Um de seus livros se chama exatamente *Le ressassement éternel*.

se afastou apressadamente, na impaciência de terminar, no temor, se não terminasse, de não poder mais voltar à luz do dia. Nessas obras, grandes demais, maiores do que aquele que as carrega, deixa sempre pressentir-se o momento supremo, o ponto quase central onde se sabe que o autor, ficando, morrerá na tarefa. É a partir desse ponto mortal que se vêem os grandes criadores viris afastar-se, mas lentamente, quase tranqüilamente, e voltar a passos iguais para uma superfície que o traçado regular e firme do raio permite em seguida arredondar, segundo as perfeições da esfera. Mas quantos outros, atraídos irresistivelmente pelo centro, só conseguem arrancar-se com uma violência sem harmonia; quantos deixam, atrás de si, cicatrizes e feridas mal fechadas, as pegadas de suas fugas sucessivas, de suas voltas desconsoladas, de seu vaivém aberrante. Os mais sinceros deixam abertamente em abandono o que eles próprios abandonaram. Outros escondem as ruínas, e essa dissimulação se torna a única verdade de seu livro. O ponto central da obra é a obra como origem, e aquele que não se pode atingir, o único, porém, que valha a pena atingir."[11]

Não podemos deixar de ver, nessa página, a "ferida mal fechada" do próprio Blanchot, sua profunda e íntima simpatia com aqueles escritores que se deixam consumir na vizinhança fatal do centro. No entanto, a presença de Blanchot não é a de uma *personalidade* (como a de um Hugo), mas a presença de uma generalidade encarnada, de uma *impersonalidade itinerante*, que é a dos escritores referidos[12].

Dos numerosos estudos de Blanchot sobre outros escritores, podemos extrair um itinerário típico, uma "história"

▼ ▼ ▼ ▼ ▼

11. *Op. cit.*, pp. 55-6.
12. E até mesmo dos não referidos. Como não pensar em Fernando Pessoa, ao ler Blanchot?

repetida que faz, de todos, o mesmo. Utilizando citações referentes a numerosos escritores, ilustraremos essa trajetória.

A obra literária é uma empresa sem objetivo: "Escrever é um caminho sem objetivo, capaz de corresponder talvez àquele objetivo sem caminho que é o único a ser atingido"[13] (sobre Hölderlin); "Ninguém, sem ridículo, pode decidir consagrar-se à sua obra, e ainda menos salvaguardar-se por ela. A obra exige muito mais: que não nos preocupemos com ela, que não a busquemos como um objetivo, que se tenha com ela uma relação mais profunda de despreocupação e negligência"[14] (sobre Goethe).

Essa caminhada sem objetivo é a única possível, porque o que se busca é o "centro da esfera", e este só permite a aproximação indireta. Mallarmé sabia que "escrever só começa quando escrever é aproximar-se desse ponto onde nada se revela"[15]; Kafka também conhecia esse naufrágio iminente da escritura: "Quanto mais ele escreve, mais se aproxima daquele ponto extremo ao qual a obra tende como à sua origem, mas que aquele que o pressente só pode olhar como a profundidade vazia do indefinido."[16]

O objetivo é vazio, mas a vocação do escritor é uma exigência implacável. É preciso persistir, é preciso manter uma "espantosa paciência" (Proust). Muitas páginas escreveu Blanchot sobre essa persistência sobre-humana no trabalho da escritura, só variando o nome do herói: Proust, Kafka, Rilke, Virginia Woolf, Mallarmé...

"A impaciência no seio do erro é a falha essencial, porque ela desconhece a própria verdade do erro, que impõe, como

▼ ▼ ▼ ▼
13. *L'espace littéraire*, p. 67.
14. *Le fivre à venir*, p. 40.
15. *E.L.*, p. 48.
16. *E.L.*, p. 73.

uma lei, que nunca se acredite próximo o objetivo, ou que dele nos aproximemos: nunca se deve acabar com o indefinido; nunca se deve agarrar como imediato, como já presente, a profundidade da ausência inesgotável"[17] (sobre Kafka); Proust se tornou escritor quando "a preguiça se tornou paciência", "aquela paciência íntima, secreta, pela qual ele se deu tempo"[18]; Virginia Woolf conseguiu arrancar, não se sabe de onde, "aquelas possibilidades quase desarrazoadas de trabalho, escrevendo não sei quantas vezes cada um de seus livros, amparando-os, mantendo-os acima de um desânimo ao qual ela nunca se entrega"[19]; e Mallarmé, exemplar entre todos, sabia que "é a paciência que trabalha na afirmação poética"[20].

Nesse trabalho infindável, o escritor luta contra o tempo, contra a falta de tempo: ele se dá tempo, um *outro* tempo. Pelas palavras, Mallarmé arranca as coisas do tempo, para que elas pertençam "a um outro tempo, ao outro do tempo"[21]; e Kafka mostra que "não se trata de consagrar tempo ao trabalho, mas de aproximar-se do ponto onde o tempo é perdido, onde se entra no fascínio e na solidão da ausência de tempo"[22].

Assim, a obra impossível será sempre adiada. Joubert, "uma primeira versão de Mallarmé"[23], estará sempre às vésperas do livro, até morrer como um escritor sem obra. Mallarmé anunciará o livro futuro, e Proust morrerá a braços com *Jean Santeuil*, "obra tornada impossível, tempo definitivamente perdido"[24].

▼ ▼ ▼ ▼ ▼

17. *E.L.*, p. 92.
18. *L.V.*, pp. 33-4.
19. *L.V.*, p. 125.
20. *L.V.*, p. 275.
21. *E.L.*, p. 46.
22. *E.L.*, p. 63.
23. *L.V.*, p. 71.
24. *L.V.*, p. 33.

Escrever é coisa perigosa. É "um risco que atinge o uso normal do mundo, o uso normal da palavra, que destrói as certezas ideais, que priva o poeta da segurança física de viver, e o expõe finalmente à morte, morte da verdade, morte de sua pessoa, entregando-o à impessoalidade da morte"[25] (sobre Mallarmé); "O risco que espera o poeta e, por detrás dele, todo homem que escreve sob a dependência de uma obra essencial, é o erro"[26] (sobre Rilke).

Nesse risco, o poeta está desamparado, porque os deuses se ausentaram. "Cavando o verso, o poeta (Mallarmé) entra naquele tempo do desamparo que é o da ausência dos deuses"[27]; "O próprio, a força, o risco do poeta é ter morada lá onde há falta de deuses, naquela região onde a verdade falta"[28] (sobre Hölderlin).

Trabalho atormentado e profundamente infeliz, pois "escrever é ser fiel à exigência da infelicidade"[29] (sobre Kafka); este é "o lado pérfido da vocação"[30] (sobre Virginia Woolf). A natureza própria da criação literária é "profundamente atormentada"[31] (sobre Mallarmé), dela resultam "conflitos obscuros"[32] (sobre Kafka).

Sem verdade, sem deuses, o escritor está condenado ao erro e à errância, à perda e ao exílio. "Luta sem saída e sem certeza, onde o que se deve conquistar é a própria perda, a verdade do exílio e a volta ao próprio seio da dispersão"[33]

▼ ▼ ▼ ▼ ▼

25. *E.L.*, p. 134.
26. *E.L.*, p. 323.
27. *E.L.*, p. 33.
28. *E.L.*, p. 335.
29. *E.L.*, p. 85.
30. *L.V.*, p. 127.
31. *E.L.*, p. 40.
32. *E.L.*, p. 61.
33. *E.L.*, p. 79.

(sobre Kafka). A escrita é um "erro essencial", e cada poeta erige sua obra sobre um erro, quer ele se chame Homero, Shakespeare, Mallarmé ou Samuel Beckett[34].

O erro (a errança) do poeta é rondar indefinidamente aquele centro noturno que é o vazio, o nada. Desse nada, o poeta tira "um estranho poder de afirmação"[35]. Mallarmé arranca dele o instante, Rilke o espaço. A obra toda de Artaud "exalta e denuncia, atravessa e preserva, preenche e é preenchida"[36] por esse vazio essencial.

A perda dos deuses e da verdade é também perda da individualidade. "A palavra poética não é mais a palavra de uma pessoa: nela, ninguém fala, e aquilo que fala não é ninguém, mas é como se a palavra se falasse sozinha"[37] (sobre Mallarmé). "Essa palavra errante é sem centro"[38] (sobre Mallarmé) e a morte do poeta é "morte de ninguém"[39] (sobre Rilke).

O centro vazio, abismo fascinante, é um lugar mortal. O trabalho do escritor é trabalho de morte, suicídio prolongado, "ato de autodestruição"[40], não a certeza da morte realizada, uma vez por todas, mas "o eterno tormento de morrer" (Mallarmé). "O escritor é então aquele que escreve para poder morrer, é aquele que tira seu poder de escrever de uma relação antecipada com a morte"[41] (sobre Kafka).

A sempre mesma caminhada do escritor não é pois uma trajetória, como dizíamos antes, já que não há avanço senão

▼ ▼ ▼ ▼

34. *L.V.*, pp. 131 e 257.
35. *E.L.*, p. 135.
36. *E.L.*, p. 209.
37. *E.L.*, p. 38.
38. *L.V.*, p. 270.
39. *E.L.*, p. 195.
40. *E.L.*, p. 41.
41. *E.L.*, p. 110.

fatal, mas uma errança circular em torno do centro vazio e mudo da esfera. Quer esse escritor se chame Mallarmé ou Hölderlin, Kafka ou Rilke, Proust ou Virginia Woolf, seus passos e percalços são sempre os mesmos. Nada pode ocorrer, nessas vidas, senão a escolha de um outro tempo onde nada ocorre, "onde nada tem lugar senão o lugar" (Mallarmé). E essa escolha (que, mais do que uma escolha, é uma entrega à exigência da escritura) é o que distingue os grandes escritores.

Na vida de todos eles há momentos em que uma alternativa se oferece, uma alternativa de vida. Os grandes, para Blanchot, são os que assumem a louca empresa de autodestruição que é a escritura: Mallarmé, que prefere o livro ao mundo; Kafka, que embora atraído pela Canaã do sionismo (Israel e a fé) escolhe a errança no deserto, "o eterno fora"[42] da literatura; Rilke, que prefere à vida a "celebração" dolorosa da poesia; Hölderlin, que renunciando à aspirada união com a natureza mergulha na loucura; Artaud, que compromete para sempre seu equilíbrio e sua saúde, num salto para o vazio; Proust, que se seqüestra e se imobiliza em seu quarto acolchoado, para ganhar o outro tempo da obra; Virgínia Woolf que evita, pelo suicídio, uma "gloriosa decadência"[43].

Outros escritores cedem, a um dado momento, ao impulso da fuga, à atração da segurança, e traem sua vocação: Claudel, que escolhe o sucesso e se torna "um funcionário coberto de honrarias"[44], assumindo uma "palavra afirmativa"[45]; Goethe, que se transforma em estátua dele mesmo;

▼ ▼ ▼ ▼ ▼
42. *E.L.*, p. 98.
43. *L.V.*, p. 128.
44. *L.V.*, p. 83.
45. *L.V.*, p. 265.

Musil, que se protege, na expressão teórica, contra o tormento da expressão poética; Rimbaud, cujo silêncio é de vida. Blanchot lamenta que esse silêncio, em vez de ser preenchido por uma vida aventuresca, não seja puro silêncio, o que o tornaria "um Rimbaud ainda mais mítico". Lautréamont realiza essa perfeição: tendo partido do projeto positivo de resolver o problema do Mal, consome esse problema na própria obra e, tendo dado à luz a si mesmo como escritor, desaparece, deixando uma "ausência fulgurante"[46].

A "crítica" de Blanchot é pois a repetida narração da mesma história, com o mesmo protagonista. Por que essa história não o cansa nunca, não nos cansa nunca, parecendo sempre ser contada (ser ouvida) pela "primeira vez"? Porque essa narrativa tem a força de um mito, e sua repetição, as características de um ritual. A "narrativa" de Blanchot é uma nova versão do mito de Orfeu: "Quando Orfeu desce em direção a Eurídice, a arte é o poder pelo qual se abre a noite. A noite, pela força da arte, o acolhe, torna-se intimidade acolhedora, entendimento e acordo da primeira noite. Mas é em direção a Eurídice que Orfeu desce: Eurídice é, para ele, o extremo que a arte pode atingir, ela é, sob um nome que a dissimula e sob um véu que a cobre, o ponto profundamente obscuro em direção ao qual a arte, o desejo, a morte, a noite, parecem tender. Ela é o instante em que a essência da noite se aproxima da *outra* noite."[47]

O inimigo de Orfeu é a impaciência, necessária porque mantém aceso o desejo, perigosa porque Eurídice não pode ser olhada face a face, como um verdadeiro objetivo. O escritor é Orfeu morando eternamente no seio da morte, cativo de uma busca que só pode ser paciente e indireta.

▼ ▼ ▼ ▼ ▼

46. Cf. *Lautréamont et Sade*.
47. *E.L.*, p. 277.

Assim como a escritura é essa luta sempre idêntica e sempre recomeçada, a crítica de Blanchot também o é. Essa crítica, que é repetição incessante, ronda ela própria o centro inatingível, mora ela própria nos infernos. Não há diferença entre as personagens das narrativas de Blanchot e as "personagens" de sua crítica, assim como não há diferença entre estas e o escritor Blanchot ele mesmo. Todos buscam sempre o não-encontrável, todos erram e esse erro (essa errança) constitui o seu ser.

A nota final a *L'entretien infini* diz, a respeito de seus próprios textos, o que ele sempre diz das obras criticadas: "Portanto, pertencendo a todos, e mesmo escritos e sempre escritos não por um só, mas por vários, todos aqueles a quem cabe manter e prolongar a exigência à qual acredito que esses textos, com uma obstinação que agora me espanta, não cessaram de buscar responder, até a *ausência de livro* que eles designam em vão."

Ora, como chamar de crítica uma obra que, em todas as obras, aponta o mesmo, um discurso que só esclarece apontando para a noite comum, que julga escolhendo os que não se particularizam, a não ser pela assunção do anonimato?

Buscar e achar sempre o mesmo é ser escritor. O escritor é aquele que persiste em sua obsessão, "aquele que só conhece uma arte: a do tema e suas variações" (Barthes). Segundo Blanchot ele mesmo: "O próprio do escritor é, em cada obra, preservar o indeciso na decisão, preservar o ilimitado junto ao limite, e nada dizer que não deixe intacto o espaço da palavra ou a possibilidade de dizer tudo. E, ao mesmo tempo, *é preciso dizer uma só coisa e não dizer nada mais do que ela.*"[48]

Haverá, certamente, outro modo de encarar os escritores que ocupam a atenção de Blanchot: a abundante bibliografia

▼ ▼ ▼ ▼ ▼

48. *L.V.*, p. 126.

a respeito de cada um deles o atesta. Mas Blanchot os unifica por uma visão forte, por uma obsessão que tem o poder de nos obcecar. E isto é ser escritor.

Extremamente interessante, nesse sentido, é o intertexto de Blanchot. As citações dos autores estudados, recolhidas em suas páginas críticas, imbricam-se como se partissem de um só autor, como se fossem prolongamentos de um único discurso: o seu próprio. Essas citações são sempre tão exemplares daquilo que ele diz, que ficamos atônitos, hesitando, por um instante, em reconhecer nelas as vozes de vários:

"Quando Renê Char escreve: 'Que o risco seja tua clareza'; quando Georges Bataille, colocando face a face a sorte e a poesia, diz 'A ausência de poesia é ausência de sorte'; quando Hölderlin chama o presente vazio do desamparo 'plenitude de sofrimento, plenitude de felicidade'..."[49]

Poderíamos prosseguir: quando Rilke diz: "era uma morte, que um bom trabalho tinha profundamente formado, essa morte própria que tanto necessita de nós, porque nós a vivemos, e da qual nunca estamos tão próximos quanto aqui"[50]; quando Mallarmé diz: "Infelizmente, cavando o verso a esse ponto, encontrei dois abismos que me desesperam. Um é o nada. O outro vazio que encontrei é o do meu peito"[51]; quando Artaud diz: "toda a minha obra foi construída, e só poderia sê-lo, sobre o nada"[52], e assim por diante, poderíamos concluir: todos esses escritores estavam pré-plagiando Blanchot.

Assim, o discurso de Blanchot é um discurso absorvente, totalitário, que devora as citações alheias no centro candente de sua obsessão. Como falar então de crítica, se considerar-

▼ ▼ ▼ ▼ ▼
49. *E.L.*, p. 336.
50. Citado em *E.L.*, p. 160.
51. Citado em *E.L.*, p. 134.
52. Cf. *L'espace littéraire,* pp. 23-4.

mos que a crítica deve manter, ao mesmo tempo, simpatia e distância, procurando moldar-se pela obra e não moldar a obra à sua imagem?

Encontramo-nos diante de três hipóteses: 1) existe uma verdade da literatura, e Blanchot a encontrou, fadando-se à repetição e tornando vão qualquer outro discurso para além do seu (nesse caso Blanchot seria o Crítico dos críticos, o Teórico dos teóricos, o Deus onisciente da escritura); 2) Blanchot é um filósofo, isto é, o criador de um sólido sistema interpretador do mundo literário; 3) Blanchot é um escritor, isto é, um formulador obcecado e obcecante.

Somos forçados a afastar a primeira hipótese, a qual, se fôssemos teológicos, seria sacrílega e, se fôssemos críticos, nos obrigaria a calarmo-nos. Temos pois de escolher entre as duas últimas.

Ora, se submetermos Blanchot ao esquema barthesiano que permite distinguir escrevência de escritura, seremos levados a optar pela terceira hipótese. O discurso de Blanchot é intransitivo, não diz nada a não ser ele mesmo. Esse discurso é paradoxal, sua "verdade" é fruto de alianças conflituosas; Blanchot é um enunciador de *impossibilia*: a presença da ausência, o novo que nada renova, o presente que é inatual, o futuro que é sempre passado, o reconhecimento que dispensa o conhecimento, o inagarrável não desgarrável, o inacessível que não se cessa de atingir, o nenhum lugar que é aqui etc.

Como sistema filosófico, o discurso de Blanchot é portanto inoperante, porque ele indefine em vez de definir, ele cala em vez de falar, obscurece em vez de esclarecer.

Se esse discurso *existe* e persiste, com uma espantosa força de convicção, é como fenômeno de enunciação. Esse Neutro que profere as fórmulas inconfundíveis de Blanchot tem uma presença compacta, sombria, atormentada. Esse enunciador é o mesmo, em suas narrativas como em seus textos críticos. Dele se pode dizer, como ele diz de Broch: "Ele não foi um romancista, por um lado, um poeta, por outro, e, em outros instantes, um escritor de pensamento. Ele foi tudo isso ao mesmo tempo e freqüentemente no mesmo livro. Ele sofreu pois, como tantos outros escritores de nosso tempo, aquela pressão impetuosa da literatura que não suporta mais a distinção dos gêneros e quer quebrar os limites."[53]

Obra de escritura, e não mais de literatura, porque não permite a representação, salvo como repetição (é o que aqui fizemos). Não se pode conceber uma crítica de Blanchot: uma obra destinada a dizer o indizível escapa, mais do que qualquer outra, ao comentário. Só podemos entrar no discurso de Blanchot e, histericamente, mimar sua errança louca.

Ao escolher a escritura, Blanchot renunciou a ser um autor literário e a ser um crítico, no sentido tradicional dos termos. Num texto extremamente lúcido a seu respeito, Bernard Pingaud e Robert Mantero comentam: "a graça, o movimento lírico, o romantismo agressivo de *Thomas l'obscur* mostram bem que escritor de 'talento' ele poderia ter sido se, em vez de seguir a via do despojamento, de mergulhar cada vez mais fundo na procura de uma verdade sem rosto e sem nome, ele tivesse consentido em explorar seus próprios dons"[54]; "Blanchot poderia ter sido – e ele o é freqüentemente – um admirável crítico, no sentido em que o crítico é aquele homem de boa companhia, que, passo a passo, com uma paciência atenta, decifra, para no-la tornar clara, a linguagem singular de cada obra"[55].

▼ ▼ ▼ ▼ ▼

53. *L.V.*, p. 136.
54. *Ecrivains d'aujourd'hui*, p. 102.
55. *Id.*, p. 107.

No entanto, Blanchot renunciou a ser um romancista, como renunciou a ser um crítico: "Trabalho que é ele próprio uma criação autônoma e coerente, e que não se pode assimilar nem à crítica de encontro (a de Baudelaire ou de Breton), onde a obra se beneficia, como que por acréscimo, da experiência de um outro criador, nem à crítica de leitura (a de Georges Poulet, por exemplo), onde o leitor tende a apagar-se por detrás do livro que ele serve."[56]

A obra de Blanchot é uma obra de crítica-escritura. Crítica, porque ela nos ajuda a ler outros autores. Não se pode negar a pertinência de suas observações acerca dos autores estudados, que se tornam "claros", coerentes, a partir do texto blanchotiano. Os traços por ele recolhidos podem até mesmo ser verificados em outros *corpus*: aplique-se a leitura de Blanchot a Fernando Pessoa, e ela se mostrará operante. Não é esta a antiga comprovação do valor científico de uma teoria? Escritura, porque essa obra reúne tais observações num fenômeno único e irrepetível (salvo por ele próprio) de enunciação, que é o discurso denso, trágico, inconfundível, onde o escritor Blanchot prossegue seu paciente trabalho de morte.

3. A crítica-invenção de Butor

Questão de gênero

Histoire extraordinaire é um livro que não encontra lugar bem definido nem na obra de Butor, nem num gênero literário conhecido. Nenhuma das vertentes principais da obra butoriana – ficção e crítica – pode abrigá-lo sem equívoco: não poderíamos alinhá-la com seus romances, nem com os ensaios críticos dos primeiros *Répertoire*.

▼ ▼ ▼ ▼ ▼

56. *Id.*, p. 108.

A ambigüidade começa no título: *Histoire extraordinaire*. Será uma ficção o que vamos ler? Uma narrativa fantástica, do tipo das de Edgar Poe? A ambigüidade persiste no subtítulo: *Essai sur un rêve de Baudelaire*. As palavras *essai* e *Baudelaire* indicam a categoria crítica. Mas a palavra *rêve*, como que intrusa no título "normal" *Essai sur Baudelaire*, abre a porta para uma galeria de espelhos, onde assistiremos a todos os deslocamentos, substituições e condensações característicos do domínio onírico. A própria palavra *rêve* soa como uma substituição, com relação à palavra *oeuvre*, que apareceria no título *Essai sur une oeuvre de Baudelaire*, neutro e mesmo trivial. A substituição subentende uma equivalência pouco canônica do ponto de vista da crítica tradicional (sonho = obra).

"A plataforma giratória do sonho dá para tantas vias!"[57] O próprio título é uma plataforma giratória, onde as palavras *essai* e *Baudelaire* se abrem para a crítica, as palavras *extraordinaire* e *rêve* para a ficção e a poesia, restando a palavra *histoire* na sua dupla acepção, apontando ao mesmo tempo para a história literária (história de escritores e de livros, nome de uma obra famosa do conhecido autor norte-americano do século XIX) e, na peculiaridade de seu singular oposto ao plural de Poe, indicando a via da ficção.

Ficção, ensaio crítico, devaneio poético, *Histoire extraordinaire* é um pouco de tudo isso e, finalmente, algo bem diverso. O ensaio sobre Baudelaire tornar-se-á sonho sobre um sonho de Baudelaire, história extraordinária do encontro de dois escritores fantásticos e das múltiplas relações dessas duas personagens com outras chamadas Mme. Aupick, Jeanne Duval, Maria Clemm etc.

▼▼▼▼▼

57. *Histoire extraordinaire*, p. 264.

A questão dos gêneros preocupava Butor no início de sua carreira. Em "Intervention à Royaumont"[58] ele explica como, tendo feito estudos de filosofia e sendo ao mesmo tempo poeta, espera poder preencher o hiato entre essas duas atividades pela adoção de um gênero enciclopédico como o romance. Alguns anos mais tarde, o projeto romanesco já o fascina menos: "Antes de *Passage de Milan*, eu sentia um verdadeiro dilaceramento entre meus poemas e meus ensaios. O romance foi o meio de resolver essa tensão; mas vejo bem que ele não a resolvia inteiramente. Com efeito, ele deveria suprimir ao mesmo tempo ensaios e poemas, substituí-los. Ele conseguiu fazê-lo, durante alguns anos, no que se refere aos poemas, nunca no que se refere aos ensaios. Eu resolvia esse problema dizendo que aquilo que passava para os ensaios era o que provisoriamente eu não podia integrar na obra romanesca em andamento. Mas, de fato, aquilo que disse em meus ensaios, não o retomei em meus romances. [...] No entanto, não há mais dilaceramento, porque a generalização que imprimi à noção de romance me permitiu descobrir um mundo de estruturas intermediárias e englobantes, de modo que posso agora passear livremente num triângulo cujas pontas seriam o romance no sentido corrente, o poema no sentido corrente, o ensaio tal como ele é habitualmente praticado."[59]

Qualquer que seja a preocupação de Butor em definir, a cada etapa de sua obra, sua posição com relação aos gêneros tradicionais, na prática, esse problema foi superado com o aparecimento de *Mobile*, livro marco na obra butoriana. *Mobile* não é apenas a fusão de vários gêneros, como a que

▾ ▾ ▾ ▾ ▾

58. *Répertoire*, 1960, p. 271.
59. *Répertoire II*, 1964, pp. 294-5.

Butor esperava obter do romance, anteriormente. Também não se encaixa no triângulo acima referido (que obedecia ainda a uma repartição bem tradicional), mas *supera* a questão. Essa superação era impossível enquanto Butor aspirava à soma dos gêneros num gênero que seria exatamente a *summa*; ela se torna possível no momento em que ele deixa de se preocupar com a recuperação e continuação dos gêneros, para se aventurar numa empresa que ainda não tinha nome mas que agora chamaríamos de *texto*. A partir de *Mobile*, Butor não é mais o romancista do Nouveau Roman (não publica nenhum outro romance); seus ensaios, reunidos em novos *Répertoire*, tornam-se cada vez mais livres das injunções do gênero; e, se alguns poemas ainda aparecem, eles têm em sua obra um caráter de homenagem mais ou menos nostálgica à "literatura".

Ora, *Histoire extraordinaire* aparece quase que concomitantemente a *Mobile*[60] no momento-chave da obra de Butor, momento não da soma mas da dissolução dos gêneros tradicionais em algo totalmente novo. E Butor sentiu perfeitamente o quanto essa obra revolucionava a concepção tradicional dos gêneros: "Se eu me ponho a contar a vida de um homem real, Baudelaire, por exemplo, vou encontrar-me diante do mesmo gênero de problemas que encontro quando conto a de um homem imaginário, com a diferença que, para este, quando preciso de um acontecimento, basta-me inventá-lo, enquanto para Baudelaire, sou obrigado a verificar constantemente e, se não encontrar a menor verificação, sou obrigado a abandonar essa pista. Mas reconheçamos que, se tivermos vontade de escrever a vida de um poeta de grande qualidade, teremos a maior dificuldade em inventar as ci-

▼ ▼ ▼ ▼ ▼

60. *Histoire extraordinaire* é de 1961; *Mobile*, de 1962.

tações de sua obra. Que gênio, certamente, teria o romancista que tivesse conseguido inventar as citações que reuni em minha *Histoire extraordinaire*!"[61]

Da comparação dos dois gêneros, e da impossibilidade de renunciar às vantagens de cada um deles, nasce um gênero misto: "Nessa carta de Baudelaire, senti que havia meio de ligar um certo número de aspectos da vida e da obra de seu autor, e de chegar a uma coerência melhor, tornando-os assim ainda mais fortes e mais belos. Não é este o projeto de toda crítica séria? E, como eu me situava voluntariamente fora de qualquer *cursus* universitário, fora daquele tecido de discussões expresso pelas notas, referências, cumprimentos ou patadas para os predecessores etc., era preciso que a obra se mantivesse, de certa forma, sozinha, como um romance."[62]

Os problemas genéricos de *Histoire extraordinaire* estão claramente enunciados nesses dois parágrafos: o gênero crítico como dependente de uma verdade exterior ("sou obrigado a verificar constantemente"), o gênero romanesco como exigente de uma verdade interior, que só pode ser estrutural ("era preciso que a obra se mantivesse, de certa forma, sozinha, como um romance"). Resta saber se uma verdade inventada, inseparável da estrutura que a sustenta (que a cria), pode ser harmonizada com uma verdade preexistente, a dos fatos de uma existência humana bem conhecida, e com a verdade de outra estrutura inventada, que se chama *Les fleurs du mal* ou *Le peintre de la vie moderne*. Sem falar, por enquanto, de outras estruturas modalizantes e modelizantes, constituídas, nesse livro, pela vida e pela obra de Edgar Poe.

▼ ▼ ▼ ▼ ▼

61. *Répertoire II*, p. 295.
62. *Id., ibid.*

Ficção

A obra se dá a ler como um romance. O leitor é colocado, sem preâmbulos, diante da narrativa de um sonho de Baudelaire, feita por ele mesmo numa carta a Charles Asselineau. As informações referenciais (essas mesmas que acabamos de transmitir) não são dadas nas clássicas notas de rodapé nem em estilo de dissertação, mas são incluídas no texto de um narrador onisciente. Asselineau aparece assim como uma personagem de narrativa, "o destinatário" da carta misteriosa, "melhor amigo" e "executor testamentário" da personagem principal[63].

Embora tudo indique uma história do passado, com os ingredientes característicos da grande época do romance (carta, testamento etc.), o modo de apresentar essa história é oposto àquele utilizado nos romances do século XVIII e XIX, em que o narrador se esforçava por autenticar uma ficção, explicando, por exemplo: "A carta que vamos ler foi encontrada nos papéis de fulano, que se achavam numa mala cuja guarda me foi confiada por um acaso estranho mas facilmente explicável etc." Aqui, no texto de Butor, encontramos uma carta de cuja autenticidade ninguém duvida, mas que o "narrador" torna fictícia, apresenta como romanesca, desautentifica de certo modo, exaltando nela seu caráter fantástico. Nos romances do passado, tratava-se de dizer: além de interessante (artístico), é verdade; aqui se diz: além de verdade, é interessante (romanesco). Leia-se o histórico como fictício.

Somos lançados, sem a carapaça defensiva das referências, em pleno sonho (que Butor chama simplesmente de *Texto*). A atmosfera fantástica do museu-bordel, descrito por Bau-

▼ ▼ ▼ ▼ ▼

63. *H.E.*, p. 19.

delaire em sua carta, impregnará toda a leitura subseqüente. O sonho é um fragmento de vida, mas o sonho narrado já é texto; e quando o narrador é um grande poeta, como distinguir esse texto dos outros textos de sua obra, como distinguir nele o que é vida o que é literatura? A escolha de Butor já coloca, por ela própria, o espinhoso problema da distinção de categorias discursivas.

Se o modo de introduzir a narrativa perturba os hábitos romanescos do século XIX, o manejo do suspense pelo narrador Butor obedece a um esquema característico da época em que se situa a história. O mistério é apresentado intacto, o narrador só o desvendará pouco a pouco. Como todo narrador hábil, ele sabe manter a curiosidade do leitor, indispensável para que se estabeleça o "comércio" da narrativa. Este velho comércio, que nas *Mil e uma noites* toma a forma exemplar de "o conto pela vida", aqui toma uns ares de extrema delicadeza, porque o conto é vida, e a vida é a de um poeta admirável e admirado: "Desdobremos um por um, suavemente, os dedos dessa mão que se fecha sobre seu tesouro"; "é preciso evitar que imprudentes, que ignorantes, abrindo cedo demais os envelopes, arrisquem-se a dispersar essa poeira de ouro"[64].

Mais do que pelas regras do comércio narrativo, essa delicadeza é ditada pelo respeito ao referente admirável. Temos assim uma constante oscilação, quase que imperceptível, do narrador, que nos sopra nas entrelinhas: "É uma personagem extraordinária (fictícia)! Mas atenção! É uma personagem *extraordinária* (Charles Baudelaire)!"

Duplo interesse, portanto, o de tal narrativa. A curiosidade do leitor é ainda espicaçada por um estilo interrogativo: "Por

▼ ▼ ▼ ▼ ▼
64. *H.E.*, p. 19.

que teria ele escrito tão depressa uma carta?"[65]; "Que terá pois acontecido na quarta-feira 12 de março de 1856?"[66]

A história que pouco a pouco se escreverá é menos baudelairiana ou edgarpoeana do que balzaquiana: a mãe sacrossanta, a amante exótica e depravada, a grande dama da sociedade, e, por detrás de tudo, a monstruosa máquina econômica do século XIX: herança, processo judiciário, dívidas, problemas financeiros de um *dandy* indigente. Os títulos dos capítulos sugerem os de um romance de mistérios e aventuras burguesas do século passado: "Ardis", "A hora", "O passante", "A carruagem", "A promessa", "O caso dos sapatos", "O caso das calças", "O tinteiro de Madame Sabatier", "Uma mãe admirável" etc.

Uma pergunta aqui se coloca naturalmente: trata-se, pois, de uma biografia romanceada? A resposta é: não. A narrativa de Butor é, ao mesmo tempo, mais livre e menos livre do que uma biografia romanceada. Menos livre porque ele não se permite, como os autores de biografias romanceadas, inventar diálogos, imaginar monólogos interiores, florear os fatos pelo acréscimo de pormenores supostos. Mais livre, infinitamente mais livre, pela trama que ele vai urdindo, fio sobre fio, entre os elementos do sonho, os dados biográficos, os trechos de obras. Essa trama é o sonho de Butor, e nada mais longe de um sonho do que uma biografia romanceada: esta, em sua racionalidade e em sua coerência linear, pretende ser verossímil; aquele, em sua aparente arbitrariedade, guarda uma verdade mais funda. Que é o sonho, senão uma remontagem de elementos em outra ordem?

O sonho como exercício da imaginação (e é isto o sonho acordado de Butor) é a busca de uma outra objetividade. Fa-

▼ ▼ ▼ ▼ ▼

65. *H.E.*, p. 19.
66. *H.E.*, p. 27.

lando acerca dos críticos biográficos que condenavam a "nova crítica" como fantasiosa, Butor acentuou o fato de que qualquer biografia, por mais objetiva que pretenda ser, é fantasiosa. E que, tudo sendo finalmente uma questão de imaginação, é através dela que o crítico encontrará a realidade: "Se ele tiver pouca, atribuirá aos escritores de outrora o tipo de preocupação que ele tem hoje. [...] Se for capaz de inventar, poderá aproximar-se do que foi. *Imaginar a própria realidade*."[67]

O mistério imaginado, sonhado, por Butor, pouco a pouco se esclarece, através de um percurso sinuoso de aproximações e superposições, sempre inesperadas mas absolutamente coerentes em seu sistema: "Quando os dedos se abrem, quantos recantos e recursos!"[68]

Com que delicadeza se abrem os dedos de Baudelaire adormecido no sonho acordado de Butor! Com tal sutileza que o que chega a nós não é uma solução do mistério, mas um convite a nele ingressar. O que Butor espera é que, fechado o livro, o leitor continue a sonhar o sonho de Baudelaire, seu próprio sonho; que ele se aventure por outras vias oferecidas pela plataforma giratória, que ele leve mais adiante esse sonho e o entregue a outros.

Intertexto

Das 270 páginas do livro, pelo menos metade pertence a Baudelaire, são transcrições de Baudelaire. A narrativa se tece a duas mãos. Butor "reescreve" Baudelaire através de um trabalho de colagem, de remontagem de textos; o material é baudelairiano, a nova ordem e as junturas são butorianas.

▼ ▼ ▼ ▼ ▼

67. *Répertoire III*, p. 14.
68. *H.E.*, p. 265.

Butor não cita Baudelaire como os críticos citam os autores. Os trechos de Baudelaire, mesmo se ainda entre aspas, não constituem um domínio à parte dentro do texto. Butor se apropria dos fragmentos de Baudelaire, dispõe-nos de outra forma, envolve-os com seu próprio texto, armando uma nova obra fortemente estruturada e doravante indivisível em suas partes.

Por ocasião de sua defesa de tese *sur travaux*, na Universidade de Tours, esse uso pouco universitário das citações não escapou às reprovações de certos membros da banca. Jean Duvignaud, por exemplo, objetou-lhe: "Pelo uso que o senhor faz das colagens, onde cada vez menos os textos citados se distinguem dos seus, o senhor dissolve os autores." Butor não o negou, mas procurou mostrar que, se dissolução existe, ele mesmo se dissolve tanto quanto os autores citados: "Graças a eles, torno-me uma pessoa diferente de mim mesmo."[69]

Quanto à ausência de notas e de referências, Butor explica: "Suprimindo-os, forço o leitor a reler os textos de base." Essa explicação, que pretende tranqüilizar os membros da banca, só se refere a um aspecto da técnica butoriana. Na prática, ela vai mais longe e não é tão tranqüilizante: "Há sempre em minha crítica um elemento de pastiche, mas distanciado, que se situa no nível do ato e não do estilo." Leia-se "nível do ato" como nível da escritura. O resultado é um texto crítico pouco ortodoxo: "Minha crítica toma um caráter romanesco. O autor se torna para mim uma ficção, eu o invento lendo-o. Essa atividade romanesca acaba por produzir citações transformadas, às palavras de outro imponho a gramática de minha frase, acrescento episódios novos às

▼ ▼ ▼ ▼ ▼

69. Cf. PIATIER, Jacqueline, "Michel Butor devant ses juges". *Le Monde*, 15 de fevereiro de 1973, p. 18.

obras estudadas." E a jornalista que transcreve essas palavras acrescenta: "A banca escuta em silêncio…" Um silêncio carregado de objeções universitárias.

Na verdade, essa dissolução dos autores (Butor inclusive) num texto novo, esse pastiche no nível do ato, esse aspecto romanesco do conjunto, tudo isso tem um nome: intertextualidade.

Em *Histoire extraordinaire*, a remontagem-colagem dos fragmentos da carta-sonho com trechos de outras cartas e obras de Baudelaire nos dá um Baudelaire particular. O que Butor executa é um projeto sugerido por Valéry, no começo do século, quando este imaginava que se constituísse um "monólogo de Stendhal" feito de frases escolhidas em toda a sua obra e que, juntas, permitiriam que todos os seus problemas fossem lidos de uma só vez[70]. O que ocorreria é que, conforme o crítico que escolhesse e juntasse esses fragmentos, teríamos um autor diferente, uma "figura" diferente do mesmo autor.

A intertextualidade exercida por Butor visa, explicitamente, a invenção de figuras: "A figura formada pelas coisas e pelas pessoas se transforma."[71] Se essa construção figural é romanesca, seu objetivo é crítico: "Trata-se de dar a todos esses fragmentos o futuro de que estavam prenhes, esclarecê-los e portanto nos esclarecer através deles, a essa luz nascente."[72]

Vejamos algumas dessas figuras criadas por intertextualidade. Uma delas se delineia através das dedicatórias. Baudelaire havia dedicado a tradução das *Histórias extraordinárias* à ma-

▼ ▼ ▼ ▼ ▼

70. *Variété II*, p. 135.
71. *H.E.*, p. 36.
72. BUTOR, Michel, Posfácio a *L'illustre Gaudissart – La muse du département*, de Balzac. Ed. d'Art. Lucien Mazenod, p. 187.

drasta de Poe: a "*la grandeur et la bonté*" de Maria Clemm. Butor vê, nessa dedicatória, uma identificação de Maria Clemm com a mãe de Jeanne Duval, cujo enterro Baudelaire pagará com a renda do livro. Um novo deslocamento se efetuará, este em nível textual, no livro de Butor: ele será dedicado "*à la beauté insultée de Jeanne*" ["à beleza insultada de Jeanne"]. Não são necessárias grandes demonstrações para que se veja o caráter paródico dessa dedicatória: "*bonté*", "*beauté*"; "*grandeur*", "*insulte*". Esse livro de sonhos será dedicado à face noturna, "vergonhosa" mas não menos bela do poeta.

Outras figuras se tecem, uma delas do tipo que Saussure definiu como paragramático ou anagramático. O monstro que o poeta vira em sonho (e que é uma representação dele próprio, segundo Butor) é definido cromaticamente como tendo "*beaucoup de rose et de vert*" ["muito rosa e verde"]. Ora, nos diz Butor, "o monstrinho é o poeta em botão, o poeta que ainda não produziu, aquela criança que o adulto considera com distanciamento, da qual ele pode finalmente rir, mas as cores que ele ostenta são as de sua vocação, ou se se preferir, de sua danação: o espírito aprecia o trocadilho e, em nossa carta, há uma palavra designada somente por sua inicial, aquela consoante destacada que, como um sustenido junto à clave, atravessa toda a narração para vir pendurar-se a essas designações de cor e no-las traduzir: havia nele *muita prosa e verso (beaucoup de prose et de vers)*"[73]. A consoante P, designação eufêmica do sexo do poeta, marca de sua virilidade agora provada pela publicação de um livro, permite o trocadilho esclarecedor.

Os críticos que aspiram à objetividade "científica" e à seriedade da erudição, considerarão talvez esse trocadilho

▼▼▼▼▼

73. *H.E.*, p. 245.

como uma brincadeira de mau gosto ou, na melhor das hipóteses, um jogo inconseqüente. Entretanto, desde os estudos de Saussure sobre os anagramas fônicos até as teorias mais recentes de Jakobson, a maioria dos teóricos da poesia se têm convencido da seriedade dos trocadilhos, como base de toda poeticidade. As mesmas cartas de nobreza foram, nesse ínterim, concedidas ao jogo de palavras, num outro campo: o da psicanálise freudiana e, mais ainda, a lacaniana. O trocadilho de Butor se justifica portanto plenamente, tanto no plano da leitura poética como no plano da leitura psicanalítica da carta-sonho de Baudelaire.

Ora, a justificação iria ainda mais longe, se necessário fosse. Baudelaire, em *Edgar Poe, sa vie et ses oeuvres*, diz do escritor americano: "Eu poderia introduzir o leitor nos mistérios de sua fabricação, estender-me longamente sobre essa porção de gênio americano que o faz alegrar-se com uma dificuldade vencida, com um enigma explicado, com uma proeza bem-sucedida – que o leva a brincar com uma volúpia quase infantil e quase perversa no mundo das probabilidades e conjeturas, e a criar peças (*canards*) às quais sua arte sutil deu uma vida verossímil. Ninguém negará que Poe é um malabarista maravilhoso." Ninguém negará que Butor é um malabarista maravilhoso, como Poe, como Baudelaire. Os próprios poetas de quem ele trata em *Histoire extraordinaire* o convidam ao malabarismo verbal, despertam nele o malabarista nato, o poeta.

Outro trocadilho o levará a certas considerações temáticas. Trata-se do trocadilho involuntário (até que ponto?) dos tipógrafos que compuseram mal o nome de Baudelaire, transformando-o em Beaudelaire (*beau de l'air*), numa edição que o poeta, irritado, fez recolher. Butor chama a atenção para a importância e as ressonâncias (agora semânticas) do tema do pássaro em Baudelaire, sobretudo no famoso *Albatros*. O tema do pássaro nos conduzirá ao *Corvo* de Poe, o qual, segundo vimos na citação de Baudelaire, praticava a arte dos *canards* (pássaro e invenção verbal)[74].

Todas essas considerações sobre o tema dos pássaros (os quais, ainda por cima, têm uma presença marcante no sonho analisado) têm, para o crítico, uma razão mais profunda, de ordem pessoal: "Eu sei o que uma criança pode sofrer com as brincadeiras feitas acerca de seu nome"[75], nos diz Butor (= Abutre).

A intertextualidade butoriana nos leva assim à identificação do crítico-escritor com os escritores de quem fala, à dissolução de todos os poetas num texto de escritura, produzido, como todos os textos de escritura, não em nome de um poeta mas em nome da poesia.

Em *Histoire extraordinaire*, o diálogo com Baudelaire e com Poe acaba por trazer à cena outros poetas, como Racine, Fourier, Dante, Nerval, os pintores Manet e Georges Catlin. Isto é o intertexto: *ça circule*.

Pseudo-análise

"Que regalo para um psicanalista! Ah, não traduzamos depressa demais."[76] Entre essas duas exclamações de Butor, toda a diferença entre um psicanalista e um crítico-escritor.

Histoire extraordinaire é, entre outras coisas, uma psicanálise de Baudelaire. O material é privilegiado, do ponto de vista

▼ ▼ ▼ ▼ ▼

74. Na obra de Poe, encontram-se ainda referências ao pingüim, o pássaro *dandy*. Na de Baudelaire, há ainda cisnes e mochos.
75. *H.E.*, p. 228.
76. *H.E.*, p. 29.

da ciência freudiana: um sonho "fresquinho" (narrado ao despertar), mais do que uma obra literária, constitui um regalo para o psicanalista porque, em princípio, o inconsciente aí se manifesta mais livremente do que numa obra.

Um sonho de um grande poeta, que regalo para um psicocrítico! Sobretudo porque a psicanálise já conquistou seu lugar na crítica e no ensino da literatura, sem maiores dificuldades, inscrevendo-se no filão aberto pela crítica psicológica do século XIX. A leitura psicanalítica de um escritor não provoca, hoje em dia, nenhum repúdio ou indignação; pode haver certa resistência ante algumas simplificações abusivas, mas, depois de Bachelard e de Mauron, a ciência e o método psicanalíticos já são aceitos, tranqüilamente, como auxiliares da crítica literária.

Que Butor utilize essa ciência e seus métodos para analisar um sonho de Baudelaire, não é portanto nada de novo. Diríamos até que o apoio psicanalítico constitui o aspecto que permitiria ao livro ser assimilado sem problemas na categoria de ensaio crítico, na medida em que, pela psicanálise, o estudioso busca um conhecimento e propõe uma interpretação. Além disso, tratando-se da análise de um sonho, Butor estaria sendo ainda mais ortodoxo do que aqueles que psicanalisam uma obra. O contrário é que seria espantoso: que alguém analisasse um sonho, hoje em dia, ignorando Freud.

Por que, então, esse livro espantou a crítica, no momento de sua publicação? Por que ele se encaixa dificilmente na vasta bibliografia crítica a respeito de Baudelaire?

Se examinarmos com atenção o uso da psicanálise por Butor, veremos que este nada tem de ortodoxo, nem do ponto de vista da ciência, nem do ponto de vista literário. "Ah, não traduzamos depressa demais." Se o objetivo fosse apenas traduzir, explicar, o analista nos teria oferecido um texto bem diverso.

Se se tratasse de um psicanalista, o sonho seria usado para chegar ao conhecimento do inconsciente de um indivíduo, no caso Charles Baudelaire. Se se tratasse de um psicocrítico, através do sonho se recuperaria o indivíduo e deste se voltaria à obra poética, explicando-a. Na hierarquia do psicanalista, o inconsciente é o principal objeto, na do psicocrítico, a obra poética.

Ora, no livro de Butor não há hierarquia. Sonho, obra e vida são solicitados em pé de igualdade para a formação de uma *figura* (e esta é o objetivo), sem que nenhum dos elementos utilizados seja, em princípio, mais verdadeiro ou mais belo do que outro. O que Butor procura e realiza é uma leitura coerente, conseqüência de determinado arranjo de dados, de determinada maneira de os ligar. A coerência não precede a leitura, como uma verdade prévia depositada na vida, na obra ou no sonho de Baudelaire, mas é a leitura (escrita) que cria, que faz a coerência, a verdade. Vida, obra e sonho formam uma só figura, e essa figura é *Histoire extraordinaire*.

Figura baudelairiana ou butoriana? Uma coisa e outra. Trata-se de uma figura baudelairiana na medida em que os dados, o material é baudelairiano; mas a coerência que aí encontramos só existe nesta escolha e neste arranjo particular que é *Histoire extraordinaire*. Outras figuras baudelairianas poderiam surgir de outros arranjos; a que aqui encontramos era virtual em Baudelaire (como tantas outras), até ganhar existência real na montagem de Butor.

Não há, da parte de Butor, nenhuma pretensão à verdade, à explicação definitiva que dispersaria brutalmente a "poeira de ouro" dos sentidos. Butor não violenta a mão do poeta adormecido, para arrancar um sentido nela oculto. Nada a ver com a atitude do médico lúcido e desperto, estabelecendo o diagnóstico do paciente adormecido, reduzido a coisa. Butor se insinua sorrateiramente, amorosamente, no sonho de Baudelaire, não para analisá-lo mas para sonhar junto.

O livro não é, pois, um ensaio literário-científico. Sonho sobre sonho, recriação, reescritura, *Histoire extraordinaire* é ao mesmo tempo um ensaio e uma ficção. Que esta "novela" de Butor esclareça Baudelaire do ponto de vista psicanalítico e do ponto de vista literário, isso constitui um acréscimo à ficção, ao sonho, um *surplus* da escritura.

Ora, o sonho sobre o sonho pode também levar a uma auto-análise. Em certa medida, toda psicanálise é auto-análise. O crítico-escritor, mais do que o psicanalista, mais do que o psicocrítico, assume essa subjetividade que pode ser vista, por alguns cientistas, como entrave a sua tarefa objetiva: "Alguns considerarão talvez que, desejando falar de Baudelaire, só consegui falar de mim mesmo. Seria melhor dizer que era Baudelaire quem falava de mim. Ele fala de vocês."[77]

A ciência da escritura engloba todos os escritores, e é nesse aspecto que ela se opõe à ciência da literatura concebida como a história dos gênios, de exceções, de obras-primas miraculosas e acabadas. Baudelaire descobriu em Poe uma alma gêmea, num contexto romântico de confraria de gênios. Ora, Butor se introduz nessa confraria não como o terceiro gênio, mas como "o homem da multidão". *L'homme des foules* é a personagem anônima de Baudelaire, que Butor identifica ao poeta nas pegadas de Poe, a ele próprio, Butor, nas pegadas dos dois poetas. Sua entrada na relação Baudelaire-Poe, sua apaixonada intromissão nos sonhos de ambos, abrirá o caminho para o ingresso de outros, para o nosso in-

▼ ▼ ▼ ▼ ▼

77. *H.E.*, p. 267.

gresso. Todos os que forem sensíveis a esse sonho, todos os que aceitarem, todos os que conseguirem prossegui-lo, serão o mesmo monstrinho colorido de *"rose et vert"*, produtor virtual de *"prose et vers"*.

Para analisar um sonho, uma obra, basta ser um bom leitor, um analista. Para entrar num sonho e ressonhá-lo, a condição é ser sonhador, escritor.

Crítica e invenção

À pergunta: "Sente alguma diferença de natureza entre suas obras propriamente criativas e seus trabalhos críticos e teóricos?", Butor respondia, em 1962: "Sinto cada vez menos essa diferença."[78] Alguns anos mais tarde, em "La critique et l'invention", ele é ainda mais categórico: "Crítica e invenção, revelando-se como dois aspectos de uma mesma atividade, sua oposição em dois gêneros diferentes desaparece, em prol da organização de novas formas."[79]

A face crítica da obra de Butor é simétrica e complementar à sua face inventiva, de modo que é realmente impossível separá-las. Lendo um autor, Butor persegue os mesmos objetivos visados quando escreve por conta própria e, inversamente, ao escrever sua própria obra, Butor dá a ler o mesmo tipo de experiências que o seduziram em autores lidos.

Butor é um crítico decifrador, amante dos enigmas e dos jogos, assim como o escritor Butor gosta de propor decifrações a seus leitores. Butor é um crítico afetuoso, que adere aos autores lidos com uma amizade e um respeito extraordinários; correlativamente, Butor solicita de seus leitores o

▼ ▼ ▼ ▼ ▼

78. *Répertoire II*, p. 294.
79. *Répertoire III*, p. 17.

mesmo tratamento afetuoso, sem o qual a leitura de suas obras é impossível. Butor crítico reescreve os autores escolhidos, envolvendo-os com sua própria escritura, do mesmo modo, sua obra é como que iluminada, atravessada pela lembrança dessas leituras, como se ela já estivesse começada na obra desses autores, necessitando deles para ser escrita, para ser lida.

É como se Butor crítico dissesse a seus leitores: façam comigo o que eu faço com esses autores: leiam-me como eu escrevo, escrevam-me como eu leio (reescrevam-me, continuem-me, completem-me com sua leitura como eu faço com os outros escritores), porque eles me escreveram de antemão e permitem que hoje eu seja lido.

A decifração, a afeição e a colaboração constituem o nó entre a crítica e a invenção butorianas, os pontos-chave que abrem para as duas vertentes de sua obra.

Butor é um leitor extremamente sagaz, capaz de descobrir e iluminar, nas obras lidas, os segredos mais bem guardados, as estruturas subjacentes mais complexas: "Gosto muito de tudo o que diz respeito à técnica, ao procedimento, ao segredo de fabricação, noção que desemboca num domínio romanesco e onírico extremamente rico, evocando a alquimia."[80]

Toda a crítica butoriana o confirma e, em particular, *Histoire extraordinaire*. Poderíamos citar ainda como exemplos de engenhosidade leitural "Les sept femmes de Gilbert le Mauvais" (sobre Proust), "Les hiéroglyphes et les dés" (sobre Rabelais), "Emile Zola romancier expérimental et la flamme bleue". Ora, a obra romanesca de Butor também propõe enigmas, também desafia a sagacidade do leitor: para ler *Passage de Milan*, é preciso que o leitor esteja atento a todos os

▼ ▼ ▼ ▼ ▼

80. "Butor", *L'Arc*, n.º 39, p. 22.

sentidos do título, para ler *L'emploi du temps*, que se note o dia que falta no diário do narrador-personagem etc. O poema *Don Juan dans les Yvelines* é a expansão infinita de uma matriz extremamente hábil. "Opusculum baudelairianum" é uma remontagem de versos de Baudelaire segundo certas regras[81].

Para Butor, o escritor (crítico e inventor) deve ensinar o leitor a ler, excitar sua curiosidade, treiná-lo para uma visão cada vez mais aguda das estruturas textuais, o que o conduzirá a uma visão mais clara das estruturas do mundo, que o leitor poderá assim criticar e finalmente mudar. O jogo butoriano é portanto um processo de conhecimento e de crítica extremamente sério, e está longe de ser uma simples distração de esteta. Ao contrário de uma distração, o que com ele aprendemos é uma concentração.

Tal concentração é impossível sem uma grande carga de afeto. Só um investimento afetivo intenso nos leva a uma leitura atenta dos signos. A vidência inteligente que Butor solicita, e da qual nos dá exemplo em suas leituras, é sempre guiada pela afetividade, que se manifesta por vezes numa crítica na segunda pessoa (ele dialoga com o próprio autor, chamando-o de *mon cher*), mas que é sobretudo atestada pelo extremo cuidado com que ele maneja os signos de outrem. Ser cuidadoso, para ele, não é deixar intocados os signos de outrem, mas manejá-los com uma inventividade à altura desse outrem. Assim, ele observa que os membros da École

▼ ▼ ▼ ▼ ▼

81. Todos os artigos citados nesse parágrafo são de *Répertoire IV*. O último deles é, de certa forma, a radicalização do processo de *Histoire extraordinaire*. A intromissão de Butor aí se limita à montagem, poucas linhas do texto não são de Baudelaire, e estas são notas explicativas do processo. Mas o "desaparecimento" de Butor corresponde a uma violência maior, exercida sobre o próprio texto do poeta (agora as consagradas *Fleurs du mal*). O texto não contém observações críticas, mas o fato de obrigar a ler Baudelaire de outro modo, de submetê-lo a uma "nova orquestração", corresponde a torná-lo presente. E isto é crítica, no melhor sentido.

Sociétaire, apesar de suas boas intenções, prestaram um mau serviço a Fourier: "Apaixonadamente admirativos, esses societários, mas até certo ponto, somente, inconstantes na admiração; e indignos de confiança porque insuficientes em amor."[82]

Com que devoção ele se aproxima de Rabelais ("Quebremos com afeição este parágrafo, suguemo-lo com diligência"[83]) ou de Baudelaire ("submeter o texto baudelairiano a certas técnicas aparentadas às suas [às do artista plástico Jiri Koiár], com o mesmo respeito e a mesma distância, descobrindo nelas, pelo mesmo movimento, aquilo pelo qual elas poderiam justamente invocar o ensinamento do poeta"[84]).

"La fascinatrice" é, nesse sentido, um dos mais belos textos de Butor, ao mesmo tempo que um dos mais belos textos jamais escritos sobre Barthes: "Escreve-se para ser amado? Que eu queira ser amado, é certo, e se aquilo que agora escrevo pode fazer com que alguns me amem, em particular o próprio Roland Barthes, tanto melhor, mas evidentemente não é tudo: escrevo para amá-lo e para fazê-lo amado."[85] E como não amar a ambos quando se lê o último parágrafo desse texto, digno de um e de outro: "É então que a mais cortante das linguagens consegue tecer finalmente, literatura, uma carícia luminosa, uma amorosa vestimenta transformada em pele e que só furta a ela mesma, infinitamente."[86] Esse parágrafo é a amorosa tessitura do estilo dos dois escritores, como o texto inteiro é uma tessitura de suas obsessões recíprocas. Barthes escreveria *caresse lumineuse*? Se não se tratasse

▼ ▼ ▼ ▼ ▼

82. *Répertoire IV*, p. 207.
83. *Id.*, p. 127.
84. *Id.*, p. 237.
85. *Répertoire IV*, p. 371.
86. *Id.*, p. 397.

de Barthes, Butor teria escolhido o verbo *dérober* (furtar) e o advérbio *infiniment*?

O investimento afetivo que sustenta a crítica butoriana é aquele exigido por qualquer leitura ou por qualquer escritura, no sentido pleno dos termos. O afeto deve ser a força motriz de toda desmontagem de signos, conduzindo a uma remontagem mais conforme à dignidade e à completude humana sonhadas por Butor.

O contrário da crítica afetiva e inventiva, que colabora com o escritor na tarefa de tecer o texto, é a crítica de análise e interpretação violentas, "máquina infernal" que desmonta sem nada oferecer, que destrói sem inventar. Essa crítica "arranca a pele" do escritor. Foi o sentimento expresso por Butor, no termo de um colóquio a ele dedicado: "Sou um esfolado, estou à procura de minha própria pele, preciso de viagens para constituir, com a pele da terra, minha própria pele. Nessa máquina cerisíaca, eu estava sobre uma mesa de operação, enquanto os *lasers* críticos esfolavam essa pele que teve tanto trabalho para crescer. Nessa jaula de escuta, eu estremecia em tempestades mentais."[87]

O grande trabalho crítico de desmontagem e remontagem só pode ser realizado coletivamente. Leitura e escritura são obras coletivas, em maior ou menor grau, dependendo da consciência assumida pelo leitor e pelo escritor com relação à amplitude e à responsabilidade de sua empresa comum: "Não há obra individual. A obra de um indivíduo é uma espécie de nó que se produz no interior de um produto cultural, no seio do qual o indivíduo se acha não mergulhado, mas *aparecido*. O indivíduo é, desde a origem, um momento desse tecido cultural. Assim, uma obra é *sempre* obra coletiva. Aliás

▼ ▼ ▼ ▼ ▼

87. *Butor*, Colloque de Cerisy, p. 438.

é por essa razão que eu me interesso pelo problema da citação."[88] A citação, como vimos, é o ponto nevrálgico da ligação leitura-escritura, crítica-invenção.

Citação, crítica e colaboração são as diversas formas de uma mesma atividade *inventiva*: "A integração geral da obra depende sempre daquele que a escreve por último. Se o *Roman de la rose* é um livro tão grande, é porque Jean de Meung foi capaz de integrar completamente o texto de Guillaume de Lorris no interior da estrutura muito mais vasta que ele desenvolveu. Essas séries lineares de colaboradores fazem pensar na crítica. O grande crítico é aquele que é capaz de utilizar a obra anterior, não em seu próprio proveito, mas de tal modo que a obra anterior possa entrar na sua. Citação, crítica, colaboração, são as diferentes faces de uma mesma empresa."[89]

Concebido como colaboração diacrônica ou sincrônica, o trabalho de transformação do mundo que (se) propõe a escritura butoriana não permite a distinção de crítica e invenção como coisas separadas. A única maneira de ser fiel a um texto antigo é torná-lo presente, é lê-lo com a perspectiva de hoje, primeiramente porque toda pretensão de recuperar a visão de uma época passada é veleidade e, em segundo lugar, porque ler é inventar: "Reconstituição do texto antigo, invenção do texto novo, são duas ações correlativas. Quanto mais eu reconstituo, mais sou obrigado a inventar (e encorajado nessa aventura); quanto mais eu invento, mais sou capaz de reconstituir."[90] Ler é desenvolver a força inventiva de um texto, canalizá-la para uma mudança situada no futuro.

▼ ▼ ▼ ▼

88. *L'Arc*, nº 39, p. 2.
89. *Id.*, p. 4.
90. *Id.*, p. 13.

4. A crítica-sedução de Barthes

R.B., o impostor

Maldito seja aquele por quem chega o escândalo. Maldito seja R.B.

Este homem tranqüilo, que um grande auditório intimida, incapaz de dizer "não", de tal forma receia desagradar às pessoas, este homem cheio de delicadeza e de humor, que um longo período em sanatório habituou à reclusão, aos prazeres íntimos da música e dos livros, este homem traz consigo o escândalo. Este olhar transparente, envolto na fumaça de um eterno havana, pousando sobre as pessoas e os livros (leve, em sua atenção flutuante, pesado, em sua pensividade) parece ter o estranho poder de fazê-los explodir, violentados e violentos[91].

A publicação de um de seus primeiros artigos, em 1947, fazia-se acompanhar de um pedido de desculpas do editor: "Ele nos entregou o artigo abaixo, que não é nem de longe um artigo de jornal, de tal modo o pensamento é denso e sem pitoresco exterior. Achamos que os leitores de *Combat* não ficarão aborrecidos conosco por o termos ainda assim publicado."[92]

O sentimento da excentricidade de R.B. não fez mais do que acentuar-se através dos anos. O primeiro pedido de desculpas anunciava a futura polêmica da *nouvelle critique* e, depois desta, a dissensão que o tem acompanhado implacavelmente.

▼ ▼ ▼ ▼ ▼

91. Modesta contribuição a uma "biografia" de R.B. ("Se eu fosse escritor e estivesse morto, como eu gostaria que minha vida se reduzisse, pelos cuidados de um biógrafo amigável e desenvolto, a alguns pormenores, a alguns gostos, a algumas inflexões, digamos alguns 'biografemas', cuja distinção e mobilidade poderiam viajar fora de todo destino e vir tocar, à maneira dos átomos epicuristas, algum corpo futuro, prometido à mesma dispersão." *Sade, Fourier, Loyola,* p. 14.)
92. *Combat,* 1º de agosto de 1947. O editor era Maurice Nadeau.

"Deve-se queimar Roland Barthes?" Essa pergunta, que figurava na embalagem dos *Essais critiques*, continua no ar, como a faca eternamente suspensa sobre a cabeça do réu.

Atualmente, R.B. é um autor consagrado mas não assimilado. Como pode ser isso possível? Porque sua consagração está sempre um passo atrás: ela se refere sempre àquilo que ele já *fez* (e que, em seu momento, era objeto de polêmica). O que ele *está fazendo* é sempre objeto de controvérsias, e os que se arriscam a aderir temem o que ele *fará* em seguida.

Inconstante, charlatão, esnobe, reacionário, brilhante mas pouco profundo, hábil mas (ou portanto) perigoso – esses qualificativos o seguem, de perto ou de longe[93], com aquela impressionante constância que caracteriza, através dos séculos, a repulsa a toda vanguarda artística.

O que mais incomoda às pessoas é que R.B. não pára quieto. O desmistificador das ideologias (*Mythologies*) agradou à esquerda; o estruturalista tornou-se suspeito de formalismo. O semiólogo (*Eléments de sémiologie*, *Système de la mode*) agradou aos espíritos objetivos, "científicos", o desmistificador do estruturalismo e da semiologia pareceu-lhes irresponsável. O reivindicador do prazer do texto (*Le plaisir du texte*) e o crítico romanesco de si mesmo (*Roland Barthes par Roland Barthes*) conseguiu agradar e desagradar pelo que não é ("revelou-se enfim um grande escritor clássico" ou "desmascarou-se afinal um tremendo reacionário")[94].

▼ ▼ ▼ ▼ ▼

93. Uma pequena edição espanhola dos *Eléments de sémiologie* traz na capa um vidro de veneno, com a caveira e os dizeres: "No tocar. Peligro de muerte." Escrever sobre R.B. também atrai as fúrias de uma irritação generalizada: a autora deste trabalho tem tido essa experiência, quer escreva no Suplemento Literário de *O Estado de S. Paulo*, quer na *Quinzaine littéraire* parisiense.
94. A ninguém se aplica melhor nossa expressão de gíria: "Está numa outra." Expressão que, temos certeza, agradaria muito a R.B., que colhe seus termos tanto no léxico greco-latino, nos tratados científicos, como na fala coloquial, sem preconceitos.

O escritor, persistindo através de todas essas metamorfoses, continua seduzindo os que buscam, para além das questões referenciais, militantes ou metodológicas, o fundamental engajamento com a linguagem ("langagement", dizia Jean Tardieu).

O perpétuo escândalo de R.B. é a escritura. A escritura "embaralha as cartas"[95], diante dela recuam os literatos, os cientistas, os pedagogos, os membros de partido.

E no entanto, é justamente na escritura de R.B. que se poderia encontrar aquela continuidade tão procurada pelos que o acusam de inconstância: uma continuidade não de conseqüência mas de insistência, não a de um sujeito que se solidifica na realização de um projeto, mas a de um enunciador que se furta e se dissemina em seu corpo-a-corpo amoroso com a linguagem. Projeto constante e, entretanto, nunca plenamente realizado, exigindo permanente reformulação e um prosseguimento tão longo quanto a vida.

As objeções dos científicos e militantes a R.B. são justas até certo ponto: o ponto em que desponta o *texto*. Se o mitólogo se transformou em mitoclasta, o semiólogo em semioclasta, se a caça à ideologia desembocou num desvendamento da própria ideologia do caçador, se o sonho de um grande modelo narrativo se esboçou e desmoronou na obra de um mesmo teórico, é porque o mitólogo e o semiólogo representavam apenas instâncias do escritor.

O escritor é aquele que desloca, que se desloca, que a cada vez imposta diferentemente a mesma voz. Assim, R.B. não é um impostor mas um impostador. O problema da voz o tem preocupado cada vez mais: a voz como tema-roma-

▼ ▼ ▼ ▼ ▼

95. Foi esta a censura que lhe fez um lingüista, Louis-Jean Calvet, em *Roland Barthes (Un regard politique sur le signe)*.

nesco, a voz do leitor, escritura em voz alta, a ópera[96]. Mais do que um sujeito psicológico, ideológico, cujas características somadas dariam uma unidade, o escritor é uma voz: um certo modo de impostar seus enunciados, um certo timbre inconfundível. É essa voz que assegura a "personalidade" de um escritor e seu poder de imposição, de sedução.

A voz de R.B. é sedutora, sirênica: "Esse leitor, é preciso que eu o procure (que eu o 'paquere' ['*drague*'], *sem saber onde ele está*. Um espaço de prazer é então criado."[97] A reação a esse Dom Juan é previsível. Sobre o sedutor pesa toda a desconfiança de uma moral puritana. Cheio de encantos, repleto de insídias. Se eles não fossem sedutores, o passador do conto do vigário e o próprio demo seriam falidos. Quando não é associada ao mal e ao perigo de engano, a sedução escritural é encarada como marca de futilidade; como se os leitores, obedecendo a um superego neurótico (negativamente crítico), precisassem sofrer ("queimar as pestanas") para estar certos de ler um bom texto.

Além desse recuo "natural" provocado pelo sedutor, R.B. suscita a desconfiança "naturalmente" ligada ao ambíguo: escritor clássico *e* de vanguarda, teórico *e* poético, crítico *e* escritor. A sedução e a ambigüidade talvez tenham relações profundas no inconsciente do seduzido. É esta ambigüidade que Butor cristalizou na denominação dúbia e perturbadora: "La fascinatrice": Barthes ou a escritura? masculino ou feminino? E nós aqui nos perguntamos: crítico ou escritor?

▾ ▾ ▾ ▾ ▾

96. Cf. *S/Z*, *Le plaisir du texte* e *Le Nouvel Observateur*, de 17 de dezembro de 1973: "Les fantômes de l'opéra".
97. *Le plaisir du texte*, p. 11.

A prática crítico-escritural de R.B.: *S/Z*, ou o vôo dos significantes

Texto de crítica, *S/Z* é um texto *tout court*. Nele encontramos as características da crítica e os traços da escritura. *S/Z* é crítica porque ajuda a ler uma novela de Balzac de modo sistemático e mesmo didático. Mas esse trabalho de explicitação de um texto se adensa, se opaciza, se ambigüiza por um trabalho de escritura. Para demonstrar a presença dos traços de escritura, procederemos por ordem alfabética, a qual, segundo R.B., tem a vantagem de ser uma ordem sem ser uma hierarquia.

Anamorfose

"Como a do escritor, a anamorfose que o crítico imprime a seu objeto é sempre dirigida: ela deve ir sempre no mesmo sentido."[98]

As três "entradas" que R.B. propõe para o texto de Balzac conduzem ao mesmo ponto: o vazio. A leitura retórica (transgressão da antítese) revela a inexistência de diferenças; a leitura simbólica aponta o vazio do sexo, do desejo; a leitura econômica mostra o vazio do ouro ("falacioso"). "As três vias conduzem a enunciar uma mesma perturbação da classificação; é fatal, diz o texto, levantar-se o traço separador, a barra paradigmática que permite, ao sentido, funcionar (é o muro da antítese), à vida, reproduzir-se (é a oposição dos sexos), aos bens, proteger-se (é a regra do contrato)."[99]

Esse vazio, plasmador da anamorfose crítica, é ao mesmo tempo o vazio da escritura, oposto ao pleno da literatura[100].

▼ ▼ ▼ ▼ ▼

98. *Critique el verité*, p. 69.
99. *S/Z*, p. 221.
100. Cf. "Literatura plena", *S/Z*, p. 206.

Avaliação

"Como, pois, colocar o valor de um texto? (...) A avaliação fundadora de todos os textos não pode vir nem da ciência, pois a ciência não avalia, nem da ideologia, pois o valor ideológico do texto (moral, estético, político, alético) é um valor de representação, não de produção (a ideologia 'reflete', ela não trabalha). Nossa avaliação só pode ser ligada a uma prática e essa prática é a da escritura."[101]

A leitura de *Sarrasine* por R.B. não é nem científica nem ideológica. Não é científica, porque o objeto é particular, único (esta novela de Balzac) e porque o método é arbitrário (tanto o recorte como os agrupamentos de *lexias* são arbitrários)[102]. O objetivo do trabalho é buscar e produzir diferenças, não tendendo à generalização e à abstratização científicas. Não é ideológica, porque ela não "reflete" o texto de Balzac, não o representa, mas o põe em movimento, em trabalho de parto de sentidos novos.

A medida do valor do texto de Balzac é dada pelo próprio valor do texto que ele conseguiu suscitar: o de *S/Z*.

Bricolage

"Como o *bricoleur*, o escritor (poeta, romancista ou cronista) só vê o sentido das unidades inertes que tem diante de si *relacionando-as*: a obra tem pois aquele caráter ao mesmo tempo lúdico e sério que marca toda grande questão: é um quebra-cabeça magistral, o quebra-cabeça do melhor possível."[103]

▼ ▼ ▼ ▼ ▼

101. *Id.*, p. 10.
102. *Id.*, p. 20.
103. *Essais critiques*, p. 186 (sobre Butor).

S/Z é uma montagem. O texto de Balzac foi reduzido a pequenos fragmentos (migalhas, *éclats*), empacotados em blocos (as seqüências de *lexias*), elas mesmas envolvidas pelo texto barthesiano (que as pontua, que lhes dá uma articulação e uma modulação). A novela de Balzac, em sua íntegra, publicada no fim do volume, funciona ela própria como uma peça da montagem: não mais o objeto total, tutelar, mas uma espécie de miniatura apensa ao grande panorama de *S/Z*, um quadro pintado na parede de um quadro maior (um quadro citado), espelho côncavo num interior flamengo. O discurso crítico passa a ser a maior estrutura envolvendo a menor, o texto primeiro, paternal, fica reduzido à categoria de *anexo*. R.B. anexa Balzac a seu texto, e não o contrário.

Disseminação

"Estrelaremos pois o texto, afastando, à maneira de um minúsculo sismo, os blocos de significação."[104]

"Levantar sistematicamente em cada lexia esses significados não visa a estabelecer a verdade do texto [...] mas seu plural."[105]

"É preciso que a leitura seja também plural, isto é, sem ordem de entrada."[106]

No texto de *S/Z*, a novela balzaquiana se transforma numa poeira cintilante[107]; disseminada, ela se revela inseminadora; de classificada que era (objeto de manual literário), ela se desclassifica, volta à circulação, faz-se presente. O críti-

▼ ▼ ▼ ▼ ▼

104. *S/Z*, p. 20.
105. *Id.*, p. 21.
106. *Id.*, p. 22.
107. "O texto poético é cintilante" (Lotman); "essa poeira de ouro" (Butor).

co dinamita seu objeto, fragmenta-o, mas essa desconstrução não é uma destruição. Morta, estava ela antes, classificada e quase esquecida; a sacudida que R.B. lhe dá a põe em movimento, vivifica-a.

Erotismo

"É preciso introduzir *objetos sensuais* no discurso. Eles seduzem tanto mais quanto mais vêm de longe (quanto mais são inesperados)."[108]

O tema central da novela é erótico, trata-se de uma paixão. No entanto, o discurso de R.B. é mais erotizado quando não se trata diretamente do tema sexual, por demais evidente na novela. O deslocamento pode ocorrer na leitura do que é erótico na novela; por exemplo, uma estátua é apresentada de modo mais sensual do que um corpo vivo: "Contornável, penetrável, em uma só palavra *profunda*, a estátua convida à visita, à exploração, à penetração."[109] Ou então as noções abstratas do discurso crítico são erotizadas: "A verdade é roçada, desviada..."[110]

Em seu seminário, R.B. falava dos traços de escritura num texto como instigadores da pulsão de curiosidade; e acrescentava freudianamente: toda curiosidade é de fundo sexual. Assim encarada, a própria atividade crítica (como toda atividade científica, para Freud) proviria desse desejo de "desnudar".

"O *debaixo*: vazio."[111] O debaixo vazio é a ausência de significado último, de verdade. Entretanto, com relação ao

▼▼▼▼▼

108. Notas do seminário de 1972-73.
109. *S/Z*, p. 213.
110. *Id.*, p. 81.
111. *Id.*, p. 220.

corpo humano, a expressão *dessous* sugere a falta de roupas de baixo e, metonimicamente, a falta de sexo sob a roupa.

Em compensação, quando se trata diretamente de uma passagem erótica da novela, o discurso barthesiano é tecnicizado, cientificizado: uma retórica ou uma física da orgia, a orgia como arranjo do código proairético ou comportamental[112].

O que é erótico não é o tema, é o próprio texto. O texto é uma trança, "cada fio, cada código é uma voz; essas vozes trançadas ou trançantes formam a escritura"[113]. E ele mesmo comenta: "Conhece-se o simbolismo da trança: Freud, pensando na origem da tecelagem, aí via o trabalho da mulher trançando seus pêlos púbicos para fabricar o pênis que lhe falta. O texto é, em suma, um fetiche; reduzi-lo à unidade do sentido, por uma leitura abusivamente unívoca, é *cortar a trança*, é esboçar o gesto castrador."[114] O deslocamento do erótico, do tema ao texto é constante em *S/Z*: assim, R.B. mostra como o "fraseado" é líquido, lubrificado: "ele conjuga numa mesma plenitude o sentido e o sexo"[115].

Indireto

"O que marca a crítica é, pois, uma prática secreta do indireto: para permanecer secreto, o indireto deve aqui abrigar-se sob as próprias figuras do direto, da transitividade, do discurso *sobre* outrem."[116]

Podemos dizer que, com *S/Z*, *Sarrasine* se torna um texto sobre R.B. A novela balzaquiana é o pré-texto para o discur-

▼ ▼ ▼ ▼ ▼

112. O que ele próprio apontou em Sade.
113. *Id.*, p. 166.
114. *Id., ibid.*
115. *Id.*, p. 117.
116. *Essais critiques*, p. 18.

so barthesiano, o infinito passeio no campo de suas obsessões sexuais, de suas veleidades de ciência, de suas preocupações políticas, de suas interrogações de escritor. Uma travessia em diagonal do texto de Balzac, indispensável como começo e fim, como empurrão inicial e como meta pretensa, como um *écran* sobre outra coisa. O romance está sempre no horizonte do crítico, dizia R.B. na introdução aos *Essais critiques*. O que não quer dizer que se deva (que se possa) chegar lá. O pretexto crítico talvez seja o ideal para que se pratique não o romance mas o romanesco a que aspira R.B. A "crise do nome próprio" que, segundo ele[117], o impede de ser romancista, encontra uma saída quando esse nome próprio não tem um referente "real" mas já é ele próprio um nome literário. É o que acontece em *Roland Barthes par Roland Barthes*.

Intertexto

Existe em *S/Z* um intertexto balzaquiano (as personagens de Balzac migram de um romance a outro)[118], um intertexto cultural balzaquiano que é o do manual escolar do século XIX ["uma história da literatura (Byron, *As mil e uma noites*, Anne Radcliffe, *Homero*), uma história da arte (Michelangelo, Rafael, o milagre grego), um manual de história (o século de Luís XV) etc."[119]. A esses textos, vem trançar-se o de R.B., ele mesmo carregado de outros textos: *Bouvard et Pécuchet*[120], Rousseau, Stendhal[121], Mallarmé[122], os discursos psicanalítico, estilístico, lingüístico, semiológico etc.

▼ ▼ ▼ ▼ ▼

117. Cf. *Magazine littéraire*, n? 97, p. 34.
118. Cf. *S/Z*, p. 217.
119. *Id.*, p. 211.
120. *Id.*, p. 105.
121. *Id.*, p. 116.
122. *Id.*, p. 62.

Os textos carregados por R.B. para o discurso crítico não têm um valor autoritário de referência ou de erudição. Às vozes harmonizadas por Balzac, vêm juntar-se outras vozes, ao seu canto outro canto que, por dissonante, torna atual sua música.

Metalinguagem

Muita água correu entre a afirmação de R.B. "A crítica é uma metalinguagem"[123] e a prática dessa metalinguagem em *S/Z*. O que aí se busca e se consegue não é mais uma relação de tipo lógico (totalitário) mas uma metalinguagem que não cerceie a linguagem-objeto, que não detenha a circulação da linguagem. E isto só é possível sem a distinção, isto é, quando a crítica é ela mesma linguagem, trançada à outra em pé de igualdade.

"Na verdade, o sentido de um texto não pode ser outra coisa senão o plural de seus sistemas, sua 'transcriptibilidade' infinita (circular); um sistema transcreve o outro, mas reciprocamente: em face do texto, não há uma língua crítica 'primeira', 'natural', 'nacional', 'materna': o texto é de chofre, ao nascer, multilíngüe; não há, para o dicionário textual, nem língua de entrada nem língua de saída, pois o texto tem do dicionário, não o poder definicional (fechado), mas a escritura infinita."[124]

O que se dá em *S/Z* não é um empilhamento de linguagens, mas um intrincamento tal que aponta para a infinidade. A simples dualidade linguagem-objeto e metalinguagem perde aqui qualquer pertinência. Não se trata de um discur-

▼ ▼ ▼ ▼ ▼

123. *Essais critiques*, p. 255.
124. *S/Z*, p. 127.

so aplicado a outro. O texto de *S/Z* contém, pelo menos, três linguagens: a das *lexias*, que já não são mais as de Balzac porque foram submetidas a um recorte e a uma numeração que as altera totalmente; a do comentário das *lexias*, voluntariamente neutro, parafrástico, no limite do óbvio, repetitivo pela própria natureza do método *pas à pas*; a das "reflexões" numeradas com algarismos romanos. Esta funciona como metalinguagem das duas primeiras e abre caminhos para outras linguagens (a nossa, por exemplo). Esses três fios do texto são indicados por caracteres tipográficos diferentes.

Perdeu-se a ambição totalizante e imobilizadora de uma metalinguagem estruturalista, ganhou-se uma ambição maior: "Tudo significa sem cessar e várias vezes, mas sem delegação a um grande conjunto final, a uma estrutura última."[125]

Objetividade

"Uma subjetividade sistematizada, isto é, *culta* (procedente da cultura), submetida a imensos constrangimentos, oriundos eles próprios dos símbolos da obra, tem talvez mais chances de se aproximar do objeto literário do que uma objetividade inculta, cega a respeito de si mesma, abrigada por detrás da letra como por detrás de uma natureza."[126]

Que a leitura de *Sarrasine* por R.B. seja subjetiva, é o que ninguém pode negar: o próprio tema da novela exerce sobre ele um atrativo que é de ordem individual. Mas que se trata de uma subjetividade culta e sistematizada, também não se pode negar.

Essa subjetividade atinge o objeto em cheio, na plenitude de *alguns* de seus predicados, de um modo impossível para

▾ ▾ ▾ ▾ ▾

125. *S/Z*, p. 18.
126. *Critique et vérité*, p. 69.

uma objetividade crítica que pretendesse enfrentar todos os aspectos da obra à mesma distância, com a mesma neutralidade, reduzindo-as a um mesmo valor, por uma acuidade de leitura meramente intelectual. Primeiro, porque essa visão objetiva é ideal: seria o olhar de um deus sobre o mundo; segundo, porque o próprio objeto literário, carregado de subjetividade, só pode abrir-se a uma outra subjetividade (uma subjetividade *à sua altura*).

Suspensão

"A obra nunca é totalmente insignificante (misteriosa ou 'inspirada') e nunca totalmente clara; ela é, por assim dizer, sentido suspenso."[127]

Suspensa, é a novela de Balzac em seu final: "E a marquesa ficou pensativa." Suspenso, é o texto de Barthes: "Em que você está pensando? temos vontade de perguntar, a seu discreto convite, ao texto clássico; mais ladino no entanto do que os que pensam escapar respondendo: *em nada*, o texto não responde, dando ao sentido seu último cerco: a suspensão."[128]

O mestre-de-cerimônias

A crítica-escritura pode ser ensinada? Pode o crítico-escritor ser acolhido numa instituição de ensino como um mestre? O sistema pode abrigar em seu seio o anti-sistema?

A experiência de R.B. como professor, as páginas que escreveu a esse respeito e nossa própria experiência como

▼ ▼ ▼ ▼ ▼

127. *Essais critiques*, p. 256.
128. *S/Z*, p. 223.

membro do seminário, permitem que se coloque aqui a questão candente do ensino da literatura, da crítica e da escritura. Candente, porque a questão do ensino em geral o é, em nossos dias. E mais ainda, porque o mesmo movimento de contestação do passado, que vem imprimindo profundas transformações no campo pedagógico, trouxe experiências novas como essa crítica-escritura que agora se instala num lugar de ensino (a VI Secção da École Pratique des Hautes Études da Universidade de Paris).

A literatura é, incontestavelmente, um objeto de ensino, na medida em que ensinar é repetir (*répétiteur* é quase sinônimo de professor), representar, transmitir conhecimentos, formar (pôr na forma?). A literatura é representável e transmissível, como patrimônio cultural. Legível, ela permite que se ensine a ler; criticável (comentável e explicável), ela permite que se ensine a criticar (comentar e explicar).

A escritura, no entanto, não se repete (e por isso não forma), não é representável, não transmite nenhum saber institucional. "*Ensinar o que só acontece uma vez*, que contradição nos termos! Ensinar não é sempre repetir? É, no entanto, o que o velho Michelet pensava ter feito: 'Tive sempre a atenção de só ensinar o que não sabia... Eu transmitia as coisas como elas eram então em minha paixão, novas, animadas, inflamadas (e encantadoras para mim), sob o primeiro atrativo do amor.'"[129]

Entretanto, a confidência de Michelet pode ser recuperada dentro de uma velha concepção do saber, como a declaração do sábio modesto que, por muito saber, conhece os limites de sua ignorância; ou então através da oposição clássica da "inteligência seca" ao "coração caloroso". Não é por esse

▼ ▼ ▼ ▼ ▼

129. BARTHES, Roland, "Au séminaire". *L'Arc*, n.º 56, p. 55.

lado que a afirmação de Michelet interessa a R.B. Para este, sempre se ensina o que não se sabe porque a escritura não visa nem alcança um saber.

A ciência do texto só pode ser uma ciência do indireto, seu objetivo declarado é sempre um pré-texto: "O indireto é exatamente aquilo à frente do que caminhamos sem o olhar", diz R.B. num estilo blanchotiano; "se nos voltamos para o saber, o método, a amizade, ou o próprio teatro de nossa comunidade, esse plural desaparece: só resta a instituição, a tarefa, ou o psicodrama."[130]

A incompatibilidade entre o ensino institucional e a escritura se manifesta em todos os níveis. O ensino como transmissão de conhecimentos funciona por asserções, por enunciados lógicos e acabados: "O professor é alguém que termina suas frases."[131] Os enunciados do saber são conclusivos; ninguém levaria a sério um professor que não terminasse suas frases. "A Frase é hierárquica: ela implica sujeições, subordinações, reações internas. Daí seu acabamento: como poderia uma hierarquia ficar aberta? A Frase é acabada, ela é precisamente: aquela linguagem que é acabada."[132]

O escritor, mesmo quando termina suas frases, deixa os sentidos suspensos. Como conceber um professor que deixe em suspenso seu ensino (que não pretenda dar toda a matéria), que não chegue nunca à conclusão de sua aula, de seu programa, de seu curso? É o que faz o mau professor. É o que faz o professor R.B., que não explica "nem mesmo" os *porquês* e os *como*, cujo seminário é "um espaço de decepção"[133],

▼ ▼ ▼ ▼ ▼

130. *L'Arc*, n°. 56, p. 49.
131. *Le plaisir du texte*, p. 81.
132. *Id.*, p. 80.
133. Cf. *L'Arc*, n°. 56, p. 50.

um mestre que não indica um ponto de partida nem conduz a um ponto de chegada, não fornece métodos e "desorienta" o aluno. R.B. seria definitivamente reprovado em qualquer concurso para o magistério.

Sem a autoridade de um saber a ser ofertado, sem o capital de uma técnica a ser vendida, qual o lugar de tal professor na relação pedagógica? "Em nome de que eu falo? De uma função? De um saber? De uma experiência? O que é que eu represento? Uma capacidade científica? uma instituição? um serviço? De fato, só falo em nome da linguagem: é porque escrevi que falo; a escritura é representada por seu contrário, a fala."[134] Qual é o *ser* de tal mestre? "Professor? Técnico? Guru? Não sou nada de tudo isso. No entanto (negá-lo seria pura demagogia) algo que posso dominar [*maîtriser*] (e que é pois anterior) me fundamenta como diferença. [...] Minha diferença decorre disto (e de nada mais): *eu escrevi*."[135]

No seminário, o professor-escritor se exibe em plena produção de enunciados. Este é um risco que nenhum Mestre poderia correr. O *magister* é o homem dos enunciados prontos (um bom professor prepara suas aulas, vem com algo a dizer). Os enunciados prontos são o próprio sinal da autoridade: "O Pai é o Homem dos Enunciados. Portanto, nada mais transgressivo do que surpreender o Pai em estado de enunciação; é surpreendê-lo em estado de embriaguez, em gozo, em ereção: espetáculo intolerável [...] que um dos filhos se apressa a recobrir – sem o que Noé perderia sua paternidade. Aquele que mostra, aquele que enuncia, aquele que mostra a enunciação, não é mais o Pai."[136]

▼ ▼ ▼ ▼ ▼

134. "Ecrivains, intellectuels, professeurs", *Tel Quel*, nº 47, p. 10.
135. *L'Arc*, nº 56, p. 54.
136. *Id., ibid.*

O crítico-escritor, enquanto professor, é portanto o demonstrador de um fazer e não o expositor de um saber. Nesse sentido, seu ensino é problemático como o de toda arte. O artesão pode ensinar, porque o artesanato é repetição de gestos e efeitos. O artista mostra como faz *fazendo*, isto é, mostra como não se deve fazer mais porque aquilo já está feito e só se faz uma vez.

Como não se trata de um saber, não há nesse ensino nenhuma verdade (ou inversamente). Lançar uma crítica-escritura no circuito escolar é fazer circular sentidos suspensos, como no jogo de "passar anel". O anel pode ser um outro objeto qualquer, o que interessa é o gesto desencadeador e o roçar vivo das mãos. "Nós utilizamos os aparelhos formidáveis da ciência, do método, da crítica, para enunciar *baixinho*, *às vezes* e *em algum lugar* (essas intermitências são a própria justificação do seminário) o que se poderia chamar, em estilo antiquado: as moções do desejo. Ou ainda: assim como para Brecht, a razão nunca é mais do que o conjunto das pessoas razoáveis, para nós, pessoas do seminário, a pesquisa nunca é mais do que o conjunto de pessoas que buscam (que se buscam?)."[137]

Qual é pois o tipo de relação que se estabelece entre o mestre e os discípulos em tal seminário? Cairão eles na armadilha da comunicação intersubjetiva? Não, porque o espaço que se busca não é sentimental mas romanesco[138]. Também não é uma relação intelectual, porque não há troca de conceitos. E, finalmente, não é uma relação psicanalítica, porque a "transferência" só seria possível se alguém assumisse o papel de analista[139]. É uma relação amorosa na linguagem.

▼ ▼ ▼ ▼ ▼

137. *L'Arc*, n°. 56, p. 55.
138. *Id.*, p. 49.
139. Cf. *Tel Quel*, n°. 47, p. 7 ("La relation enseignante").

O seminário pode ser visto, metaforicamente, como um encontro amoroso: "O orientador? Ele não está aqui num papel de examinador, sujeito do saber absoluto. Ele procura, como os outros; procurar é não saber. Estamos todos na produção, ninguém está no saber. Seria melhor considerá-lo não como um professor mas como um *regente* à moda de Sade: um lugar que faz girar a cena. Ele dá regras e não leis, ele assegura um certo rendimento do prazer. Ele é o mestre-de-cerimônias."[140]

Essa experiência, levada a efeito numa estrutura de ensino com uma longa tradição (a Universidade), encontra de início uma série de constrangimentos devidos à expectativa tácita da instituição com relação ao professor, do mestre com relação aos discípulos e dos discípulos com relação ao mestre[141]. Entretanto, "o 'bom' professor, o 'bom' estudante são aqueles

▼ ▼ ▼ ▼ ▼

140. Notas de seminário, novembro de 1973.
141. "Eis aqui, desordenadamente (pois não há, na ordem do imaginário, um móvel fundador) o que o ensinante pede ao ensinado: 1) que ele o reconheça em qualquer 'papel': de autoridade, de benevolência, de contestação, de saber etc. (Todo visitante, do qual não se vê que *imagem* ele solicita, se torna inquietante); 2) que ele o reveze, o estenda, leve suas idéias, seu estilo para longe; 3) que ele se deixe seduzir, se preste a uma relação amorosa (concedamos todas as sublimações, todas as distâncias, todos os respeitos conformes à realidade social e à vaidade pressentida dessa relação); 4) enfim, que ele lhe permita honrar o contrato que firmou com seu empregador, isto é, com a sociedade: o aluno é a peça de uma prática (retribuída), o objeto de uma profissão, a matéria de uma produção (delicada, a definir).
Por seu lado, eis aqui, desordenadamente, o que o ensinado pede ao ensinante: 1) que ele o conduza a uma boa integração profissional; 2) que ele preencha os papéis tradicionalmente atribuídos ao professor (autoridade científica, transmissão de um capital de saber etc.); 3) que ele revele os segredos de uma técnica (de pesquisa, de exame); 4) sob o estandarte desse santo leigo, o método, que ele seja um iniciador de asceses, um *guru*; 5) que ele represente um 'movimento de idéias', uma escola, uma causa, que ele seja seu porta-voz; 6) que ele o admita na cumplicidade de uma linguagem particular; 7) para aqueles que tem o fantasma da tese (prática tímida de escritura, ao mesmo tempo desfigurada e protegida por sua finalidade institucional), que ele garanta a realidade desse fantasma; 8) pede-se enfim ao professor que ele distribua serviços: ele assina inscrições, atestados etc." (*Tel Quel*, n.º 47, p. 7).

que aceitam filosoficamente o plural de suas determinações, talvez porque eles sabem que a verdade de uma relação de palavra está *alhures*".

O que seria esse "alhures", esse objetivo marginal e essencial? Esse "alhures" é o inconsciente como origem e o texto como fim. Não só o texto escrito que desse encontro pode nascer, de um lado ou de outro da cátedra, mas o próprio texto vivo do seminário: "Um certo modo de estar juntos pode realizar a inscrição da significância: há escritores sem livro (conheço alguns), há textos que não são produtos mas práticas: pode-se mesmo dizer que o texto glorioso será um dia uma prática pura."[142]

Essa experiência corre muitos riscos, na medida em que ela pode alcançar "tudo ou nada". Se o seminário degenera em psicodrama "selvagem", se não há invenção suficiente para se alcançar um "texto" romanesco, se ele soçobra no silêncio (por falta de programa, de tema, de método), a experiência não chega nem mesmo aos modestos resultados do ensino tradicional da literatura: fornecer aos alunos certas informações e certas técnicas, que lhe permitirão viver de sua profissão futura de professor.

O silêncio foi o que aconteceu no grupo de que fazíamos parte em 1972-73. Um silêncio tranquilo sem nenhuma carga de agressividade entre os discípulos ou dos discípulos com relação ao mestre; não se exigia deste nenhum dom de saber, apenas a sua presença.

A idéia inicial do seminário era interromper o sistema dos últimos anos, que se asfixiava pelo número excessivo de participantes e por uma certa crise da palavra (só o mestre falava).

▼ ▼ ▼ ▼ ▼

142. *L'Arc*, n.º 56, p. 49.

A solução prevista foi a formação de pequenos grupos de trabalho, para que as pessoas se conhecessem melhor e inventassem "um novo regime de palavra": nem fala magistral, nem *exposés* de estudantes. Não haveria programa, os temas deveriam nascer dos desejos que aflorassem nos encontros.

Num dos três grupos formados (o nosso) o resultado foi a instalação progressiva do silêncio, a omissão dos participantes que, embora assíduos, não assumiam nenhuma fala, nada propunham e, paradoxalmente, pareciam satisfeitos de se reunir numa mesma sala uma vez por semana.

Depois de vários encontros semimudos, o professor fez um balanço do seminário: êxito com relação ao interconhecimento, malogro com relação à invenção de um novo regime de palavra: "Malogro paradoxal, que não me é desagradável. Digamos um malogro fabuloso. Esse malogro não se estabelece sobre um conflito, sobre uma prova de força, sobre uma luta pelo poder da palavra. Substituamos o termo *malogro* pelo termo *pane*. A tarefa não 'deu ponto', como se diz de um creme."[143]

A conclusão parecia impor-se de que o semiário teria funcionado melhor se tivesse sido mais banal, mais tradicional. O que se manifestava então era a contradição fundamental entre esse tipo de experiência e o espaço institucional em que ele se dava, a ambigüidade de raiz de uma prática anti-sistemática dentro do sistema, de uma colocação anti-hierárquica dentro da hierarquia, de uma busca hedonista no templo da sapiência.

Se, dentro do seminário, se chega a essa constatação de um "malogro fabuloso", fora dele, não falta quem considere esse malogro como "escandaloso". O abandono do saber em proveito do prazer parece, a alguns, inadmissível: "Sobre esse

▼ ▼ ▼ ▼ ▼

143. Notas de seminário, abril de 1973.

ponto, como não ser severo? Pois, afinal, a ciência de Barthes é imensa. Ele sabe, simplesmente, muitas coisas. Ele faz a crítica daquilo que conhece. Mas aqueles que ainda não conhecem e aos quais ele sugere que se pode criticar sem saber? Esse universo do imediato, esse universo sem passado, esse universo sem futuro, é um universo da mistificação. Não se desescreve sem ter escrito. Não se desaprende sem ter aprendido. Não se deslê sem ter lido. No fundo, o barthesiano típico é um antigo bom aluno que tem vergonha de o ter sido. A grande noite começa com o zero de comportamento."[144]

O problema é que esse tipo de crítica, aparentemente sensata (e, num certo sentido, verdadeiramente sensata) se fundamenta no sistema como ele é, mas está totalmente "fora" das propostas e buscas do seminário barthesiano. O ensino de R.B. é um ensino em crise. A suspensão silenciosa do seminário foi (talvez inconscientemente) um ato de desmistificação dirigido não contra o próprio seminário mas justamente no sentido proposto por R.B.: "O seminário diz *não* à totalidade; ele realiza, por assim dizer, uma *utopia parcial*. [...] Essa suspensão, entretanto, é ela mesma histórica; ela intervém num certo apocalipse da cultura. As ciências ditas humanas não têm mais nenhuma relação verdadeira com a prática social [...] e a cultura, em seu conjunto, não sendo mais sustentada pela ideologia humanista (ou repugnando-se cada vez mais a sustentá-la), só volta à nossa vida a título de comédia."[145]

A única possibilidade para o prosseguimento dessa experiência pedagógica é a manutenção da ambigüidade, e a adoção de "uma linguagem-farsa *na qual acreditamos e não acreditamos*". E, nesse sentido, R.B. é extremamente lúcido e im-

▼ ▼ ▼ ▼ ▼

144. BARBÉRIS, Pierre, "Ce qui scandalise". *Le Monde*, 14 de fevereiro de 1975.
145. *L'Arc*, n.º 56, p. 56.

pecavelmente tático. Não se deve pretender derrubar o sistema pedagógico (o seminário sem programas e sem tarefas foi longe demais: longe demais não como valor, mas como tática). É mais produtivo "fazer de conta" com relação à lei e ao método: "Acabar com a lei de repente e de todo é uma utopia que despreza a história e a dialética e que é, finalmente, pequeno-burguesa."[146] "Um ensino pode ser avaliado em termos de paradoxo se, entretanto, ele se edifica sobre uma convicção: que um sistema que reclama correções, translações, aberturas e denegações é mais útil do que uma ausência informulada de sistema: evita-se então, felizmente, a imobilidade do balbucio, reencontra-se a cadeia histórica dos discursos, o *progresso* (*progressus*) da discursividade."[147]

Seria R.B. um reformista? Nem tanto ao mar, nem tanto à terra? De modo algum. A tática do deslocamento, em sua teoria, em sua escritura, como em sua prática de professor não se reduz a um *nem... nem*[148]. O que se propõe não é a média, a justa medida, mas sim a caminhada de viés, para *outra coisa* que, por enquanto, só pode ser do domínio da utopia. A melhor tática de ir contra a corrente de um rio.

A grande transformação do ensino só pode ocorrer no contexto de uma mudança geral dos regimes da palavra e da circulação dos bens culturais. A crítica-escritura e seu pretenso ensino é um momento desse grande processo.

A reivindicação do prazer, por R.B., em seu ensino como em sua escritura, é um dos aspectos mais revolucionários de sua proposta. Não se trata aqui do prazer como um simples recurso pedagógico, de uma motivação, de um meio para

▼ ▼ ▼ ▼

146. *Tel Quel*, n.º 47, p. 13.
147. *Id.*, p. 9.
148. Ele próprio desmistificou repetidas vezes o discurso liberal do *ni... ni...*, em particular nas *Mythologies*: "La critique Ni-Ni".

fazer engolir a pílula amarga do saber. O prazer é o guia e o objetivo. Como Virgílio ao poeta, R.B. diria a seu discípulo:

> Tratto t'ho qui con ingegno e con arte;
> lo tuo piacere ormai prendi per duce:
> fuor sei de l'erte vie, fuor sei de l'arte!

Uma perfeita síntese da estratégia e da tática barthesianas se encontra num trecho intitulado "Duas críticas". Como não teríamos nada a acrescentar ou a comentar, contentamo-nos em transcrevê-lo:

> Os erros que se pode fazer copiando um manuscrito à máquina são incidentes significantes, e esses incidentes, por analogia, permitem esclarecer a conduta que se deve ter com relação ao sentido, quando comentamos um texto.
> Ou a palavra produzida pelo erro (se uma letra trocada a desfigura) não significa nada, não encontra nenhum traçado textual; o código é simplesmente cortado: cria-se uma palavra assêmica, um puro significante; por exemplo, em vez de escrever "oficial", escrevo "ofivial", que não quer dizer nada. Ou então a palavra errada (mal batida), sem ser a palavra que se queria escrever, é uma palavra que o léxico permite identificar: se escrevo "ride" no lugar de "rude", essa palavra nova existe em francês: a frase conserva um sentido, mesmo se excêntrico; é a via (a voz?) do jogo de palavras, do anagrama, da metátese significante, do trocadilho: ocorre um deslizamento no *interior dos códigos*: o sentido subsiste, mas pluralizado, tapeado, sem lei de conteúdo, de mensagem, de verdade.
> Cada um desses dois tipos de erro figura (ou prefigura) um tipo de crítica. O primeiro tipo despediu todo sentido do texto tutor: o texto só deve prestar-se a uma eflorescência significante: só o seu fonismo deve ser tratado, mas não interpretado: associa-se, não se decifra: dando a ler "ofivial" e não "oficial", o erro me abre o *direito à associação* (posso fazer eclodir, a meu grado, "ofivial" em "óbvio" ou "ofídio", etc.); não somente o ouvido desse primeiro crítico ouve os chiados do fonocaptor, mas só quer ouvir a esses, fazendo com eles uma nova música. Para o segundo crítico, a "cabeça de leitura" não rejeita nada: ela percebe tanto o sentido (os sentidos) como os chia-

dos. O que está em jogo (historicamente) nessas duas críticas (gostaria de poder dizer que o campo da primeira é a signifiose e o da segunda, a significância) é evidentemente diferente.

A primeira tem a seu favor o direito do significante a se abrir em leque onde ele quer (onde ele pode?): que lei, e que sentido, vindos de onde, viriam constrangê-lo? Desde que se descerrou a lei filológica (monológica) e se entreabriu o texto à pluralidade, por que parar? Por que recusar-se a levar a polissemia até a assemia? Em nome de quê? Como todo direito radical, este supõe uma visão utópica da liberdade: suspende-se a lei *imediatamente,* fora de qualquer história, desprezando toda dialética (no que esse estilo de reivindicação pode parecer finalmente pequeno-burguês). Entretanto, desde que ela se subtrai a toda razão tática, permanecendo ainda assim implantada numa sociedade intelectual determinada (e alienada), a desordem do significante se transforma em errança histérica: libertando a leitura de qualquer sentido, é finalmente a minha leitura que eu imponho: pois *neste* momento da História, a economia do sujeito ainda não foi transformada, e a recusa do sentido (dos sentidos) se revira em subjetividade; na melhor das hipóteses, pode-se dizer que essa crítica radical, definida por um encerramento do significado (e não por seu desaparecimento), *antecipa-se* à História, em direção a um estado novo e inédito, no qual a eflorescência do significante não se pagaria por nenhuma contrapartida idealista, por nenhum enclausuramento da pessoa. Entretanto criticar (fazer crítica) é: pôr em crise, e não é possível pôr em crise sem avaliar as condições da crise (seus limites), sem levar em conta seu momento. Assim, a segunda crítica, aquela que se apega à divisão dos sentidos e ao *truquage* da interpretação parece (pelo menos a meus olhos) mais justa historicamente: numa sociedade submetida à guerra dos sentidos, e por isso mesmo adstrita a regras de comunicação que determinam sua eficácia, a liquidação da velha crítica só pode progredir dentro do sentido (no volume dos sentidos) e não fora dele. Por outras palavras, é preciso praticar um certo entrismo semântico. A crítica ideológica está com efeito, hoje, condenada às operações de roubo: o significado, cuja isenção é a tarefa materialista por excelência, o significado se subtrai melhor na ilusão do sentido do que em sua destruição.[149]

▼ ▼ ▼ ▼ ▼

149. *Tel Quel,* n.º 47, pp. 13-4.

INCONCLUSÃO

Pretender concluir sobre as questões levantadas neste trabalho seria uma contradição com tudo o que nele se disse. O que desejamos evitar não é tanto a contradição (a regra de não-contradição é um apanágio autoritário das instituições do discurso), como a própria idéia de conclusão, de fechamento, de última palavra[1]. Uma conclusão seria o funeral da crítica-escritura. Toda tese concluída tem algo de funéreo, o último capítulo é a pá de cal que precede as abundantes e indiferentes pazadas de terra da bibliografia.

Não temos o gosto sainte-beuviano pelas orações fúnebres. Escolhemos um objeto vivo e, mais do que vivo, nascente: deixemo-lo viver e o futuro dirá.

Nosso trabalho teve um caráter mais teórico do que crítico. Esboçamos uma teoria, nos dois sentidos da palavra, assim lembrados por Jean Starobinski: "A teoria, num sentido, é uma hipótese antecipadora sobre a natureza e as rela-

▼ ▼ ▼ ▼ ▼

1. Claude-Edmonde Magny propõe a crítica como *déréclusion* da literatura (em *Littérature et critique*, p. 435).

ções internas do objeto explorado: nesse sentido, pôde-se dizer com razão que, nas ciências físicas, a teoria precedia necessariamente a invenção. Mas num outro sentido, mais ligado à etimologia, a palavra teoria designa a contemplação compreensiva de um conjunto previamente explorado, a visão geral de um sistema regido por uma ordem de sentidos."[2] As partes II e III de nosso trabalho têm algo a ver com o primeiro sentido, a parte IV, com o segundo (a parte I fornece rudimentos para uma colocação histórico-epistemológica dos problemas da crítica). Inacabada, porém, nossa teoria é antes uma aspiração à teoria: e há quem defina a crítica exatamente como essa aspiração[3].

Se não convencemos de que uma crítica-escritura existe, acreditamos entretanto ter sugerido que uma crítica-escritura é possível (como hipótese e como sinais concretos na obra de escritores contemporâneos).

O objeto aqui chamado de crítica-escritura é dúplice e talvez transitório. Ele alia em si características de duas categorias mais ou menos conhecidas: a crítica e a criação, a compreensão e a invenção, a dependência e a autonomia. Mas esses pares de palavras constituem paradoxos[4].

Por ser paradoxal, a crítica-escritura não é um novo gênero literário, encaixável no grande quadro tradicional dos gêneros. Um novo gênero (como a tragicomédia ou o poema em prosa) é um objeto de passagem entre dois compartimentos de um mesmo quadro. O aspecto paradoxal (ou oximórico) da aliança efetuada na crítica-escritura indica

▼ ▼ ▼ ▼ ▼

2. *La relation critique*, p. 9.
3. Jean Starobinski entre outros.
4. Trata-se, justamente, do paradoxo proposto por Oscar Wilde em *The Critic as an Artist*, onde ele já observava, como faria mais tarde Butor, que, ao mostrar numa obra aspectos novos, o crítico age exatamente como o criador com relação ao mundo.

uma passagem para "outro quadro": do quadro da literatura para o "quadro" da escritura.

Trata-se de algo tão importante quanto o que ocorreu quando a *poiesis* clássica se transformou em literatura. Naquela ocasião (que se estende por alguns séculos), o aparecimento do romance evidenciava coisa semelhante. O romance não podia ser encaixado no quadro de Aristóteles (entre a epopéia e a tragédia, por exemplo) e uma epopéia-romance como *Dom Quixote* era um objeto paradoxal porque fruto de uma aliança teoricamente impossível (da busca da totalidade com a consciência da fragmentação, da força de gravidade com a força de levitação – para falar em termos lukacsianos). Com *Dom Quixote*, começava a era da literatura e esta exigia a formação de um outro quadro genérico, onde apareceria também a crítica (para alguns, um gênero, para outros, como Brunetière, a própria consciência dos gêneros).

Manifestações paradoxais como a crítica-escritura exigem que se abandone o quadro genérico da literatura para pensar em algo que se chama, provisoriamente, de escritura. Ora, a escritura traz como exigência fundamental a não-compartimentação dos discursos, e por isso, talvez, com ela caducará definitivamente a própria noção de gênero (assim como a existência de quadros ordenados e completos).

Como lembra Georges Blin, quando foi criada a *Chaire de Français* no Collège Royal, em 1772, a literatura e a crítica foram batizadas como exigências complementares: "A literatura, que ganhava esse nome e todos os créditos, ou quase, que a ela abrimos, substituía os ofícios até então compreendidos sob o termo de 'poesia'. Transbordando mesmo aquela outra poesia que era a eloqüência, ela se apodera de toda prosa ainda indecisa entre o prazer oratório e a nobre 'utilidade' dos sábios. Essa redistribuição supunha uma ciência mais purificada do desejo de agradar. Ela supunha sobretudo que a literatura encontrasse diante dela o progresso da disciplina feita para a definir: a crítica."[5] Tendo nascido junto com a literatura, a crítica está fadada a perecer com ela. Inútil acrescentar que esses "nascimentos" e "mortes" são lentos e dificilmente datáveis[6].

Com a crítica-escritura, talvez esteja despontando não mais um gênero, mas uma "nova arte intelectual"[7], um discurso romanesco que não é nem literatura (romance), nem crítica (dissertação), cujo sujeito não é o intelectual identificado com aquilo que enuncia, mas um sujeito romanesco que pode emitir, entre outras coisas, idéias e julgamentos[8]. A literatura e a crítica (a própria cultura do passado) se transformariam assim em objetos ficcionais, sobre os quais poderia exercer-se a imaginação, a invenção.

A crítica-escritura é, portanto, um discurso dúplice (duplo e ambíguo), que mantém em si o velho e o novo, como uma serpente em muda. O que se mantém é a literatura como objeto, a leitura desse objeto por um "discurso compreensivo", o julgamento desse objeto[9]. O que é novo é a recusa da literatura como objeto cultural sagrado e intocável, uma leitura que não se transcreve mas se escreve, um julgamento que não se baseia em valores exteriores mas se estabelece em termos de *práxis* escritural.

▼ ▼ ▼ ▼ ▼

5. *La cribleuse de blé (La critique)*, pp. 19-20.
6. A palavra *crítica*, segundo Brunetière, parece ter surgido pela primeira vez com o gramático Apolodoro ou com o geógrafo Eratósteno. De qualquer modo, foi no século XVIII que ela passou a designar correntemente uma disciplina literária.
7. Cf. *Roland Barthes par Roland Barthes*, p. 94.
8. Cf. entrevista com Barthes, *Magazine littéraire*, nº 97.
9. A expressão "discurso compreensivo" é de Jean Starobinski (*La relation critique*, p. 33). Quanto ao julgamento, este se tem mantido como uma exigência crítica, embora deslizando pouco a pouco do julgamento retórico ou moral do passado para uma tomada de posição ideológica de tipo sartreano ("A função do crítico é criticar, isto é, engajar-se a favor ou contra e situar-se situando", *Situations* I).

INCONCLUSÃO ■ 161

Nossos críticos-escritores apresentam, em grau variável (de um para outro, e de fase para fase da obra de cada um deles), essas novas características.

Uma comprovação da novidade de suas experiências é a reação que elas provocam: o novo, como sempre, encontra fortes resistências. Maurice Blanchot é um escritor marginal, até mesmo fisicamente: retido voluntariamente para fora do mundo literário, não se deixa entrevistar nem fotografar. Roland Barthes e Michel Butor desafiam, cada um por seu lado, a instituição universitária, tentando introduzir nela sua excentricidade, sua "tara" de escritor. O primeiro protela indefinidamente uma tese já mítica e cada vez mais improvável. Hábil equilibrista, consegue avançar com sua tática de camuflagem e deslocamento, saindo invicto de periódicas crises como a querela da "nouvelle critique", em que Raymond Picard assumia a voz da instituição sorbonária. Butor defendeu não uma tese mas seus *Répertoire*, para obter o título de Docteur d'État; mas, à medida que as inovações de após maio 68 retrocedem, ele tem encontrado sérias dificuldades em sua integração universitária: "Encontrei-me, de certa forma, ejectado pela universidade."[10]

A resistência à crítica-escritura (como à *nouvelle critique*, que era apenas um passo em sua direção) tem evidentemente um poderoso suporte ideológico. A crítica sempre exer-

▼ ▼ ▼ ▼ ▼

10. Butor diz ainda: "Um dos problemas de minha existência prática, o pão cotidiano, é minha relação com a Universidade e isto se deve particularmente ao fato de que eu não consegui passar na 'agrégation' de filosofia. Desvio no qual certamente me pus tanto quanto fui posto, mas empurrado por que demônio? Talvez seja possível ligar isso à forma da famosa dissertação: jogo no interior do qual faz-se como se se resolvesse um problema importante, mas que não deve confessar-se como jogo. A partir do momento em que se toma de tal modo consciência do jogo que esta se manifesta, infringe-se uma espécie de lei essencial" (*Butor*, Colloque de Cerisy, p. 439).

ceu uma função de polícia dos costumes literários e numerosas vozes apontaram nela esse aspecto. Brecht, por exemplo, em conversa com Walter Benjamin, exprimia esse sentimento com relação aos críticos: "São, com efeito, inimigos da produção. A produção não lhes diz nada que valha. Ela é o tipo mesmo de coisa imprevisível, nunca se sabe o que dela sairá. E eles próprios não querem produzir. Eles querem jogar de *apparatchik* e ficar encarregados do controle dos outros. Cada uma de suas críticas contém uma ameaça."[11]

Tomando a defesa da *nouvelle critique*, Serge Doubrovsky denunciava esse mesmo aspecto na velha crítica: "A crítica só é uma atividade inofensiva e longínqua em aparência. Ela é, de fato, o aparelho de controle, a última polícia que uma sociedade se dá para vigiar a expressão do pensamento e a conservação dos valores. Dessa dupla função, a crítica tradicional procura desincumbir-se o melhor possível. Quanto ao passado, ela resenha, vela sobre as coleções, põe etiquetas, mantém o patrimônio nacional em bom estado, na vitrina. Quanto ao presente, é claro que, em regime democrático, ela não censura, ela informa: ela mantém, como se diz, o público 'a par' do que se faz alhures: na literatura, nas artes, na filosofia. Nova ou passada, a contestação fundamental que é toda obra de espírito ocorre sempre *fora* da crítica. Assimiladas, digeridas pela 'clareza' de uma língua banal, imutável, as empresas mais revolucionárias de ontem e de hoje são desengatilhadas, desarmadas; retira-se delas sua carga explosiva."[12]

Ora, quando o crítico entra na produção, ele deixa de ser vigia e passa a ser vigiado. O crítico-escritor é perigoso como qualquer escritor e, mais ainda, como uma espécie de

▼ ▼ ▼ ▼ ▼

11. BENJAMIN, Walter, *Essais sur Bertolt Brecht*, p. 145.
12. *Pourquoi la nouvelle critique*, pp. XI-XII.

agente duplo. A ele, a crítica "pura" pergunta: afinal, de que lado você está? O meio de desarmá-lo é aplicar contra ele a boa velha crítica, receita que tem sido comprovada com relação aos escritores[13].

Mas não há grandes razões para se inquietar. Por enquanto, a crítica-escritura é uma utopia, um sobressalto, uma impertinência. A literatura ainda existe e a crítica continua permitida na república das letras. Enquanto tudo continua em seu lugar, o ofício de crítico literário ainda é promissor. Aquilo para que aponta a crítica-escritura ainda se situa num horizonte imprevisível, embora desde já pensável.

São Paulo, junho de 1975.

▼ ▼ ▼ ▼ ▼

[13]. Escrever uma tese universitária sobre os críticos-escritores talvez funcione também, involuntariamente, como uma tentativa de assimilação.

CRITICALEGORIA

De saber a criar, há todo o oceano. Ninguém viu ainda a ponte que leva da memória à imaginação. O crítico é apenas um homem que sabe ler, e que ensina os outros a ler.

Esse ofício de crítico não é exatamente o mais honesto do mundo, e é difícil que aqueles que o exercem, por mais discretamente que o façam, possam evitar a suspeita de invejar a glória de outrem ou de trazer a malignidade na alma. Pois, para ser um bom e perfeito crítico, não basta cultivar e estender sua inteligência, é preciso ainda purgar a todo instante seu espírito de toda paixão negativa, de todo sentimento equívoco; é preciso manter a alma em bom e leal estado.

Ora, nós outros, críticos, sabemos bem o que é a má consciência. Sentimo-nos freqüentemente culpados. Não estamos nós do lado errado: do lado da inteligência debilitante, e não do lado da vida? Às vezes temos vontade de desaparecer, conscientes de nossa inutilidade.

Para julgar os poetas, é preciso ter nascido com algumas faíscas do fogo que anima aqueles que se quer conhecer. O crítico não é aquele que rouba a poesia do poeta, que se enfeita com as plumas do pavão, que por um dia ou uma hora toma o lugar do rei? Um cego a quem se emprestam olhos, um surdo que adquire a faculdade de ouvir, um não-poeta que recebe o dom da poesia, eis o que é um crítico.

A peça que acabamos de ouvir foi tocada a várias mãos, ao longo de quatro séculos: Gustave Planche, Sainte-Beuve, Chapelain, novamente Sainte-Beuve, Gaetan Picon, Voltaire, Georges Poulet. Espantosa continuidade de um discurso que poderia estender-se indefinidamente como se, nesse domínio, *nada* tivesse mudado.

A situação do crítico, seu direito à palavra, o lugar dessa palavra no discurso geral, continuam a ser discutidos no mal-estar provocado pelo respeito a uma hierarquia imutável: a Idéia, a cópia, o simulacro; o Livro, o livro, o comentário do livro; o Criador, o criador, o crítico. Manietada nessa ordem, a reflexão sobre a crítica só pode ser a repetição obsessiva de um discurso de má consciência, o fluir choroso de uma fala mal situada.

Existe um verdadeiro intertexto crítico que não seria agradável a ler, se ele fosse apenas uma meditação abstrata sobre as misérias de um ofício subalterno. Mas podemos recolher, nessa interminável repetição teórica, um outro intertexto figurado. Essa vasta crítica da crítica, desenvolvida através dos séculos, é felizmente semeada de alegorias. Estas nos oferecem, além do divertimento gratuito da imagem, a possibilidade de reencontrar, agora de viés, certas considerações teóricas.

O levantamento das alegorias da crítica que ora intentamos não terá nenhuma pretensão, nem à exaustividade nem a coisa alguma. Preferimos a alegria do *patchwork* ao tédio das listas e das classificações rigorosas. Esperemos, na melhor das hipóteses, que uma determinada figura se desprenderá quase que espontaneamente dessa montagem. Não respeitaremos nem a ordem cronológica, nem a topológica; os retalhos serão reunidos a partir de certas harmonias, de certas tonalidades. Nosso objetivo é sobretudo ornamental.

A viagem

A leitura como viagem é um sonho tão velho quanto o da viagem como leitura do mundo. Embarquemos com Sainte-Beuve:

> O espírito crítico é por natureza fácil, insinuante e compreensivo. É um grande e límpido rio que serpenteia e corre em volta das obras e dos monumentos da poesia, como em volta de rochedos, de fortalezas, de colinas atapetadas de vinhas, e de vales arborizados que orlam suas margens. Enquanto cada um dos objetos da paisagem permanece fixo em seu lugar e se preocupa pouco com os outros, enquanto a torre feudal desdenha o vale e o vale ignora a colina, o rio vai de um a outro, banha-os sem os arranhar, abraça-os com uma água viva e corrente, 'compreende'-os, reflete-os, e, quando o viajante está curioso por conhecer e visitar esses sítios variados, ele o toma numa barca, ele o leva sem sacolejos e lhe abre sucessivamente todo o espetáculo cambiante de seu curso (*Vie, poésies et pensées de Joseph Delorme*, 1830).

Quadro idílico das relações entre o crítico, as obras e o leitor; a paz que reina nessa paisagem se deve ao fato de que o autor, aquele indivíduo aborrecido, dela está ausente. Ele está fixado, *ad perpetuam rei memoriam*, em sua obra-monumento, a qual apresenta a grande vantagem de ser imóvel. Cada uma dessas obras permanece "fixa em seu lugar" e oferece-se ao olhar de outrem por um pacto de mútua confiança. O rio crítico não oferece nenhum risco de inundação, ele "banha sem arranhar". O viajante-leitor também se contenta com uma contemplação distante e respeitosa. Nenhuma violação da propriedade privada, nenhuma transgressão dos limites instituídos.

O rio crítico trata com igual atenção o viajante-leitor: carrega-o "sem sacolejos", a seco em sua barca, ao abrigo de respingos e vazamentos. Ele pode fazer tranqüilamente o circuito dos castelos do Loire, sob a tutela do guia crítico.

Todas as funções estando previstas e hierarquizadas, nenhum acidente o ameaça. O seguro cobre todos os riscos. Trata-se de um comércio entre pessoas bem educadas, o guia conhece seu ofício e seu lugar. De caráter ameno, maleável, compreensivo, mimético – o espírito crítico merece toda confiança. Talvez ele seja um pouco fútil em sua fluidez insinuante, mas isto também é uma qualidade, quando o que se deseja é fazer turismo e distrair-se.

Basta revirar, não a barca mas a alegoria de Sainte-Beuve, para que os sítios sejam substituídos pela biblioteca e o viajante por... Sainte-Beuve:

> O interesse das paisagens e das cidades é determinado por criadores de valores pitorescos, assim como o interesse das obras do passado é renovado, distribuído, por criadores de valores literários. [...] De modo que a viagem se colocaria talvez menos entre os gêneros construtivos do que entre os gêneros críticos. A visão da natureza num Chateaubriand, a inteligência dos livros num Sainte-Beuve, constituem duas espécies de uma mesma faculdade, e, assim como a viagem em volta de uma biblioteca é uma viagem, a leitura da terra é uma leitura (THIBAUDET, A., *Réflexions sur la critique*, 1939).

Da biblioteca à Terra, do livro ao Livro (e inversamente), a harmonia é total. Mas a essas viagens harmoniosas, contemplativas e agradáveis, alguém oporá uma travessia de outra ordem, uma errança que transformará o paraíso em inferno:

> Há pessoas que se contentam em desfrutar os livros que os encantam, como fazem com as flores, os belos dias, as mulheres. Outros, atormentados por uma excessiva sinceridade, estragam seu prazer querendo pôr à prova sua profundidade, sua razão de ser [...] Assim, eles são jogados de um livro a outro, arrastados pelo vento impiedoso da inquietude, sem poder fixar-se nem gozar de uma felicidade inocente. Entretanto, um dia eles parecem ter encontrado o porto definitivo, uma tranqüila angra de graça onde encontrarão por toda parte os imóveis espelhos da beleza [...] Depois, vem-lhes uma

dúvida [...] Uma vez mais o vento furioso da inquietação tocou-os com sua asa cruel. Eles deixam o porto que não basta mais às exigências de seus sonhos de paz divina e, retomando sua viagem, partem tateantes e doloridos em busca da beleza, sob o escárnio dos que desfrutam os livros como flores, belos dias ou mulheres, e que chamam esses inquietos migrantes de loucos ou perseguidos (PROUST, Marcel, *Contre Sainte-Beuve*, 1908-1910).

Eis aí desmistificado o folheto turístico de Sainte-Beuve. Novos ventos começam a soprar, anunciando viagens menos seguras. O viajante tranqüilo será arrancado de sua barquinha para ser jogado num outro meio de transporte, mais moderno e mais arriscado. Trata-se de uma alegoria do crítico polonês Kazimierz Wika, completada por Jan Kott e relatada por Ryszard Matuszewski:

> A literatura é um bonde, o crítico é o motorneiro. Não é uma função fácil. Não foi o motorneiro quem colocou os trilhos sobre os quais se move esse bonde, não foi ele quem dispôs a rede de fios elétricos que lhe fornecem a energia. Também não é ele o motor do veículo. E no entanto, quando se chega a uma viragem – real ou aparente – é sempre o motorneiro que leva a responsabilidade.
> O eminente crítico Jan Kott contestou essa metáfora: "Em todo bonde, pode-se ler o aviso: É proibido ao motorneiro falar com os passageiros. Ora, o crítico fala sem parar, mesmo se ninguém o escuta."
> Segundo Kott, o papel do crítico é mais humilde. Ele é um dos passageiros, mais nervoso do que os outros, talvez, que estando num bonde lotado tentaria convencer os outros da oportunidade de descer pela plataforma de trás ou da frente, que se queixaria continuamente da incomodidade dos assentos e, enfim, declararia em voz alta que, de qualquer modo, os bondes constituem um meio de locomoção antiquado e obsoleto. Ao que lhe respondem, em regra geral: "Se o senhor não está contente, é só descer" (*Actes du Premier Colloque International de la Critique Littéraire*, Paris, 1964).

Triste condição, a do crítico. Se ele guia o veículo, não tem a liberdade de levá-lo onde quer: a energia e a decisão do percurso vêm de alhures. Ao mesmo tempo, ele é considerado como responsável pelos contratempos da viagem. Na alegoria complementar, ele nem ao menos guia: passageiro entre os passageiros, ele é aquele que resmunga e cujas palavras são mal recebidas. Nosso crítico se encontra bem despojado. Não tem mais função precisa, não tem mais voz no capítulo.

Será o próprio fato de falar ou o tom de sua fala que é mal acolhido? Na verdade, na versão polonesa o aviso parece ter sido invertido. Pelo menos o que nos é familiar é o seguinte: "É proibido aos passageiros falar com o motorneiro." Ora, na alegoria modificada, o crítico é um passageiro e o motorneiro (o autor? não fica claro) toma uma direção inquietante. De qualquer modo, é proibido ao crítico semear o pânico entre seus companheiros de viagem. Seria desejável, em compensação, que ele fizesse o elogio dos transportes públicos; em suma, se ele fala, deve evitar as inconveniências.

Depois da barca e do bonde, poderíamos imaginar, em nossos dias, uma alegoria mais moderna: alguns críticos de hoje começam a praticar o seqüestro de aviões; mas isso é uma outra história.

A fiscalização

Já que por toda parte há leis e regulamentos, o meio mais cômodo de impor sua palavra é inscrevê-la nos quadros de uma autoridade qualquer, mesmo se se tratar da autoridade mesquinha conferida pelos ofícios fiscais, que permitem desencadear todas as fúrias contra aqueles que os regulamentos colocam, por um momento, numa situação inferior:

> Apareceram nas nações modernas que cultivam as letras pessoas que se estabeleceram como críticos de profissão, assim como foram criados linguadeiros de porcos, para examinar se os animais que se

levam ao mercado não estão doentes. Os linguadeiros da literatura não acham nenhum autor perfeitamente são; eles prestam contas, duas ou três vezes por mês, de todas as doenças reinantes, dos maus versos feitos na capital e na província, dos romances insípidos que inundam a Europa, dos novos sistemas de física, dos segredos para matar percevejos. Eles ganham algum dinheiro com esse ofício, sobretudo quando dizem mal das boas obras e bem das más. Podemos compará-los aos sapos que, segundo dizem, sugam o veneno da terra e o comunicam àqueles que eles tocam (VOLTAIRE, *Dictionnaire philosophique*, 1764).

Como observaria mais tarde Thibaudet, essa alegoria é afinal "mais aceitável para o crítico do que para os autores". Entretanto, se estes se vêem transformados em porcos, isto se deve ao lugar de linguadeiro que o crítico se outorga, e a vingança dos autores é que o próprio linguadeiro vai cair mais baixo ainda na escala animal, metamorfoseado em sapo. Deixando de lado o veneno do sapo (e o de Voltaire), reencontraremos o crítico numa profissão próxima da de linguadeiro, numa outra função fiscal, a de aduaneiro, que deve impedir o contrabando de... venenos:

Essa crítica (a dos jornais) é finalmente o correlativo exato de uma literatura 'comercial'. Ela exerce, na passagem, um controle da receita ou da fórmula, como um posto de exame dos produtos leiteiros ou farmacêuticos. O artigo se lê como uma análise química: excesso disto, falta daquilo, tais normas foram desrespeitadas, tais limites; estampilha negada; o que encontramos freqüentemente resumido na condenação seguinte: "Este é um produto que não conheço", o que deveria constituir justamente, para um examinador mais livre, o cúmulo do elogio. Pois a verdadeira crítica é também aberta; não é a aduana que recusa a introdução das mercadorias suspeitas depois de um rápido exame, mas o intermediário que lhes permite chegar a seu destino. Não que não haja por vezes bons fiscais ou aduaneiros; demasiados venenos circulam e é preciso identificá-los e denunciá-los; mas temos necessidade de alimentos e minerais, por conseguinte, de fiscais (BUTOR, Michel, *Répertoire II*, 1964).

A questão da manutenção da ordem ou da saúde pública tem, entretanto, um lado desagradável: o fato de que ela exige a definição dessa ordem e dessa saúde. Esse "bom fiscal" se assemelha um pouco com o "censor sólido e salutar" preconizado por Boileau. Um passo mais (demais) e teremos o crítico "executor das altas obras" (carrasco) definido por Balzac, aquela "raça de homens de coração seco, armados com tenazes e garras" (Vigny), que marcam as páginas dos livros com punhais (novamente Balzac). E finalmente aquela personagem armada, belicosa, de capacete, encarregada de manter a ordem e garantida pelo capital:

> Harpagon em "tête-à-tête" com seu cofrinho, contemplando seus belos escudos que reluzem ao sol, não é mais feliz do que o crítico erudito examinando o quadro de um século inteiro para fulminar um drama ou um romance. Vejam seu rosto iluminado; seu olhar se anima como o do alquimista debruçado sobre seu cadinho! Ele acaba de pousar seu livro; sua tarefa está terminada; ele está pronto, ele está armado, ele baixa a viseira de seu capacete; ele entra orgulhosamente na liça, ele se pavoneia, seguro de si mesmo (PLANCHE, Gustave, *Portraits littéraires*, 1836).

Ora, o poeta tem horror dos fiscais, dos aduaneiros, dos censores, dos policiais:

> O crítico não tem razões a pedir, o poeta não tem contas a prestar. A arte dispensa as rédeas, as algemas, as mordaças (HUGO, Victor, *Prefácio às Orientales*, 1829).

É melhor que o poeta entre na batalha sem pensar muito em seus belicosos adversários:

> Parece-me que o escritor precisa de quase tanta coragem quanto um guerreiro; um não deve pensar nos jornalistas como o outro não deve pensar no hospital (STENDHAL, *Racine et Shakespeare*, 1823).

O foro

Quanto ao crítico, o melhor é abandonar os empregos fiscais, diretamente repressivos, e tentar colocar-se mais alto, no lugar onde se decidem as leis e sua aplicação. O crítico-advogado, mais de acusação do que de defesa, é uma personagem freqüente nas alegorias da crítica. A própria crítica se parece com a justiça como uma irmã:

> A crítica é a filha legítima da inteligência sábia e regrada, e, numa sociedade cristã e francesa, ela tem por brasão a cruz, a balança e a espada (D'AUREVILLY, Barbey, *Les oeuvres et les hommes*, 1895).

Certos críticos se contentarão em defender a causa dos autores (como se o autor fosse automaticamente um réu); outros decidirão que as próprias obras são a execução dos "julgamentos" e dos "decretos" críticos (Brunetière). A tentação de passar da condição de advogado à de juiz é forte demais: "Em crítica, já fui muitas vezes advogado; sejamos agora juiz" (Sainte-Beuve).

Basta, no entanto, que uma questão de crítica se transforme em processo por difamação e seja levada aos verdadeiros tribunais, para que a farsa paranóica do crítico se veja confrontada com a realidade. Assim, o verdadeiro advogado de um ator tendo dito: "Um crítico é um senhor que toma tinta e papel para escrever o que lhe agrada", Thibaudet comenta:

> A imparcialidade nos obriga entretanto a reconhecer que o foro comporta, por seus regulamentos, uma dignidade mais bem assentada do que a crítica. O advogado fala com uma toga de merino, e possui, além da tinta e do papel, mobília própria. E, sobretudo, os advogados constituem uma ordem... (*Physiologie de la critique*, 1930).

Advogado, seja; mas mudo:

Não seria mais conveniente que a crítica ficasse em seu parquete de advogado geral, e deixasse a tribuna aos oradores e a sede aos juízes? A tribuna é o lugar dos autores e a sede é o lugar dos únicos juízes, que não são os críticos mas o público (*id., ibid.*).

A medicina

Em vez do direito, o crítico pode tentar a medicina. Para Voltaire, ele era uma espécie de veterinário (o linguadeiro), para Butor, ele podia ser um farmacêutico zeloso da saúde pública. Por que não seria ele, em vez de um emissor de "decretos", um fornecedor de diagnósticos?

> O crítico literário do dia-a-dia não é o charlatão ou o curandeiro da informação espetacular, também não é o grande especialista, o Diafoirus ou o Purgon da nova crítica: ele só pode ser, parece-me, o médico de bairro, o praticante humilde que se esforça por se manter informado, e depois por purgar os humores, sustar as epidemias e, se Deus o quiser, manter a literatura alegre e sadia (KANTERS, Robert, in: *Arts*, 1965).

Ora, Thibaudet já tinha notado que os três objetivos da crítica segundo Brunetière (julgar, classificar, explicar) lembram os três preceitos da medicina mollieresca: *saignare, purgare, clysterium dare*. A imagem do crítico como médico parece atrair irresistivelmente a lembrança das personagens de Mollière (Diafoirus e Purgon). Como advogado ou como médico, o fim da comparação leva sempre o crítico ao ridículo.

A servidão

De fiscal execrado a advogado mudo, de advogado mudo a médico suspeito, a queda do crítico é sempre proporcional à altura de sua ambição. Um movimento irresistível o devolve a seu lugar, e ele tenta acomodar-se a este:

(A crítica) deve nomear seus heróis, seus poetas; ela deve ligar-se a eles de preferência, cercá-los de amor e de conselhos, lançar-lhes ousadamente as palavras glória e gênio, que escandalizam a assistência, fazer envergonhar-se a mediocridade que os cerca, abrir passagem para eles como o arauto de armas, caminhar diante de seu carro como o escudeiro (SAINTE-BEUVE, *Causeries du lundi*, 1835).

O servilismo do crítico não deixou de suscitar o comentário sarcástico do poeta. Assim, Heine descreve Sainte-Beuve caminhando à frente de Hugo como um apregoador proclamando:

> Aí vem o búfalo, verdadeiro descendente do búfalo, do touro dos touros; todos os outros são bois, este é o único verdadeiro búfalo.

Os servos estão habituados ao sarcasmo. Uma seleção natural parece ter presidido à distribuição dos papéis na sociedade dos letrados:

> A crítica, salvo raras exceções, é recrutada geralmente entre as inteligências ressecadas, caídas prematuramente de todos os galhos da arte e da literatura. Cheia de saudades estéreis, de desejos impotentes e de rancores inexoráveis, ela traduz para o público indiferente e preguiçoso aquilo que ela própria não entende (LECOMTE DE LISLE, 1864).

Que esses seres inferiores cessem pois, de uma vez por todas, de importunar os superiores:

> Os autores agüentam isto com uma magnanimidade, uma longanimidade que me parece verdadeiramente inconcebível. Quem são afinal, em fim de contas, esses críticos de tom tão cortante, de palavra tão breve, que parecem até os verdadeiros filhos dos deuses? São simplesmente homens com quem estivemos no colégio e que, evidentemente, aproveitaram menos do que nós de seus estudos, já que eles não produziram nenhuma obra e não podem fazer outra coisa senão sujar e estragar as dos outros, como estriges estinfálidas (GAUTIER, Théophile, *Prefácio a Mademoiselle de Maupin*, 1835).

Só resta ao crítico conformar-se com "o triste papel de guardar os casacos ou de anotar os pontos, como um empregado de bilhar ou um valete do jogo da pela" (*idem, ibidem*). Outro papel não poderia ter o "filho de um cocheiro e de uma lavadeira", "enorme lacaio balofo e bajulante" (Maiakóvski, *Hino ao crítico*, 1915). E, depois da servidão, a aposentadoria:

> Escritores, há muitos. Juntem um milhar.
> E ergamos em Nice um asilo para os críticos.
> Vocês pensam que é mole viver a enxaguar
> A nossa roupa branca nos artigos?
> (*Id., ibid.* Trad. de Augusto de Campos e Boris Schnaiderman.)

A castração

A inferioridade do crítico parece ser congênita. E o escalonamento dos papéis, na literatura como na sociedade, estabelece-se em função da produtividade, da fecundidade:

> Uma coisa certa e fácil de demonstrar, para aqueles que ainda duvidassem, é a antipatia natural do crítico contra o poeta – daquele que não faz nada contra aquele que faz –, do zangão contra a abelha – do cavalo capado contra o garanhão.
> Vocês só se tornam críticos depois que ficou bem constatado que não podem ser poetas [...] Durante muito tempo vocês cortejaram a musa, tentaram desvirginá-la: mas não tiveram vigor suficiente para tanto; faltou-lhes fôlego, e vocês tombaram, pálidos e murchos aos pés da santa montanha.
> Compreendo esse ódio. É doloroso ver um outro sentar-se para o banquete ao qual não se foi convidado, e dormir com a mulher que não nos quis. Compadeço-me de todo coração do pobre eunuco obrigado a assistir aos folguedos do Grão-Senhor.
> Ele é admitido nas mais secretas profundezas da Oda; ele leva as sultanas ao banho; vê luzir, sob a água de prata das grandes represas, aqueles belos corpos sobre os quais escorrem pérolas e mais polidos do que ágatas; as belezas mais escondidas lhe aparecem sem véus.

Ninguém se acanha diante dele. – É um eunuco. – O sultão acaricia sua favorita em sua presença, beijando sua boca de romã. – Na verdade, sua situação é bem esquerda, e ele deve ficar embaraçado com sua postura.

O mesmo acontece com o crítico que vê o poeta passeando no jardim da poesia com suas nove belas odaliscas, e debatendo-se preguiçosamente à sombra de grandes loureiros verdes. É bem difícil que ele não apanhe as pedras do caminho para as atirar contra o outro e feri-lo para além do muro, se ele tem habilidade suficiente para fazê-lo.

O crítico que nada produziu é um covarde; é como o abade que corteja a mulher de um leigo: este não lhe pode pagar na mesma moeda nem lutar com ele (GAUTIER, Théophile, *op. cit.*).

Essa alegoria, uma das mais desenvolvidas e das mais características no gênero, conheceria uma enorme fortuna no século XIX. Mas ela já tinha pelo menos um século, no momento em que Théophile Gautier a fixou nesse quadro à maneira de Ingres: ela fora sugerida por Pope em seu *Essay on Criticism* (1709), onde ele já falava do despeito do Eunuco (*Eunuch's Spite*). De qualquer modo, no século XIX ela se torna moeda corrente:

> Voltando a ser artista *in partibus*, ele tinha muito sucesso nos salões, e era consultado por muitos amadores; tornou-se crítico como todos os impotentes que mentem em suas estréias (BALZAC).

A que o crítico, através de seu representante mais exemplar, não deixa de responder, com humor e *finesse* (sejamos imparciais):

> Esse dito do Senhor de Balzac, que volta freqüentemente sob a pena de toda uma escola de jovens literatos, é ao mesmo tempo (peço-lhes que me perdoem) uma injustiça e um erro. Entretanto, como é sempre muito delicado demonstrar às pessoas que se é ou que não se é impotente, passemos (SAINTE-BEUVE, *Causeries du lundi*, 1850).

As relações de Sainte-Beuve com Hugo constituem elas próprias uma alegoria viva que concorre, em seus pormenores picantes, com as melhores figuras da imaginação. Na verdade, como Sainte-Beuve e Hugo, o eunuco e o sultão são inseparáveis, uma interdependência erótica os alia indissoluvelmente. Pope já o havia notado:

> Ambos ardem do mesmo modo, o que pode ou o que não pode escrever, com um despeito de rival ou com um despeito de eunuco (*op. cit.*).

O exibicionismo do poeta, em seus folguedos com a musa, solicita o *voyeurismo* do crítico. E este, por sua vez, suscitará outros *voyeurs* ainda mais depravados:

> Como achar prazer num prazer contado (tédio das narrativas de sonhos, de brincadeiras)? Como ler a crítica? Um único modo: já que sou aqui um leitor em segundo grau, devo deslocar minha posição: em vez de ser o confidente desse prazer crítico – meio seguro de não o alcançar – posso tornar-me seu *voyeur*; observo clandestinamente o prazer de outro, entro na perversão; o comentário se torna então aos meus olhos um texto, uma ficção, um envelope fissurado. Perversidade do escritor (seu prazer de escrever é sem função), dupla e tripla perversidade do crítico e de seu leitor (BARTHES, Roland, *Le plaisir du texte*, 1973).

Redobramento de perversidade, à medida que aumenta a distância entre a "cena primitiva" e seus espectadores, à medida que o risco de não obter prazer aumenta (se supusermos, de modo idealista, que o prazer do *voyeur* seja menos verdadeiro).

O que é certo é que o exibicionista e o *voyeur* cultivam essa interdependência sadomasoquista, a qual exige uma aproximação e um distanciamento alternativamente mantidos. Quando o poeta D'Annunzio propôs que os rivais deviam "abraçar-se e cantar juntos", o crítico Croce, consciente das condições do prazer recíproco, respondeu prudentemente:

> Esse valoroso ímpeto de entusiasmo me parece, na verdade, uma falta de cortesia com relação ao poeta, uma familiaridade tão ostentatória quanto desrespeitosa (*Il Giudizzio del Bello e l'Ufficio Pedagogico del Critico*, 1947).

Que eles se reconciliem, pois, mas guardando as distâncias convenientes:

> Víamos os críticos como vassalos, monstros, eunucos e cogumelos. Tendo convivido com eles, reconheci que eles não eram tão negros quanto pareciam, que eram boas-praças (*assez bons diables*) e tinham até certo talento (GAUTIER, Théophile, *1867* – trinta e dois anos depois da famosa alegoria).

Apesar dessas concessões momentâneas dos poetas, o crítico continua sentindo que algo lhe falta. Não é ele o "afásico do *eu*", para Barthes, o "surdo" e "cego", para Georges Poulet? Não teria ele perdido, simbolicamente, um objeto qualquer, como a personagem de Jean Paulhan:

> O crítico se encontra na situação de um homem a quem todos viriam perguntar a hora e que responderia a esmo – como os pais fazem aos filhos: "É hora de ficar bonzinho." Ou: "É hora de não dizer bobagens." Ou mesmo: "É hora de calar a boca" ("Le critique a perdu sa montre", in: *Petite préface à toute critique*, 1951).

Falsa autoridade exercida sobre os menores (as crianças-leitores) enquanto o maior (o pai-criador) é o mestre das horas (possui aquele relógio para o julgamento do belo, de que já falava Pascal). Nessa família, o crítico tem o papel secundário da mãe, aquela que é definida (por Freud) a partir daquilo que lhe falta.

O casamento

Suponhamos por um instante que o crítico não seja impotente, mas simplesmente casto. E que ele queira santificar seu desejo pela poesia dentro do casamento:

> É preciso refrear as exigências imoderadas do amor, porque na crítica, isto é, na aliança com o pensamento, o amor pela arte se realiza no casamento, naquela castidade matrimonial que os românticos acusam de frigidez, desejosos que estavam de se perder nos delírios do amor livre (CROCE, *op. cit.*).

Em que condições esse casamento poderia realizar-se e durar? Eis aqui sua descrição:

> (Em determinadas condições) a crítica não será uma "máquina celibatária": ela formará um par com a obra. A diferença reconhecida é a condição de todo encontro autêntico. Certamente, o crítico nunca será mais do que o príncipe consorte da poesia, e a descendência oriunda dessa união não é herdeira do reino. Esse casamento corre aliás o perigo de todos os casamentos, e sabemos que há casais neuróticos de vários tipos: primeiramente, aquele em que o ser pretensamente amado não é reconhecido em sua verdade, em sua qualidade de sujeito independente e livre: ele é apenas o suporte das projeções do desejo amoroso, que o tornam diferente daquilo que ele é; aquele, pelo contrário, em que o amante se anula no fascínio e na submissão absoluta ao objeto de seu amor; aquele, afinal, em que o amor não se dirige à própria pessoa, mas a suas adjacências e cercanias, seus bens, seus antepassados gloriosos etc. (STAROBINSKI, Jean, *La relation critique*, 1970).

O casamento perfeito parece improvável. O complexo de inferioridade do príncipe consorte (feminizado no casal real), a contemplação rancorosa de seus filhos bastardos (abortos? degenerados?) – tudo indica que essa relação está fadada à neurose. O crítico, como a mulher no casamento, corre o risco de histeria (ver as coisas diferentes do que elas são) e/ou de submissão masoquista (o amante se anula no fascínio e na submissão absoluta ao objeto de seu amor). A aliança só deixaria de ser neurótica no momento em que houvesse igualdade para os cônjuges; o que, por enquanto, parece impossível.

A necrofilia

A pulsão de morte está subjacente na dialética do senhor e do escravo. Este começará por roubar àquele suas plumas, sua coroa (cf. Georges Poulet), para cobiçar em seguida seu sangue (a estrige de Théophile Gauthier) e, finalmente, seu corpo inteiro:

> A hipótese mais provável é que a crítica se apresente doravante como a concorrente da poesia: resultado de uma atividade bloqueada, que procura na arte de outrem as energias de que se vê privada. Então o *boom* da crítica não apareceria mais como o triunfo da razão sobre o irracional da poesia, mas como uma proliferação tumoral de células sobre o corpo que, a contragosto, a abriga. A crítica, antagonista camuflada em colaboradora, conta com suas aptidões discursivas e dialéticas para sobreviver, mesmo que seja sobre um cadáver (SEGRE, Cesare, *I segni e la crítica*, 1969).

Enquanto o crítico italiano sugere que a crítica poderia minar a poesia como um câncer, um vírus, um escritor norte-americano preconiza que a crítica *deve* devorar o poema. Essa devoração implica, é claro, a maior admiração pelo objeto devorado, e assegura mesmo sua sobrevivência, como nas melhores práticas canibalescas:

> O poema é como o monstruoso Orillo no *Orlando Innamorato* de Boiardo. Quando a espada decepa um membro do monstro, este

é imediatamente religado ao corpo e o monstro é tão formidável quanto antes. Mas o poema é ainda mais formidável do que o monstro, pois o adversário de Orillo consegue finalmente a vitória por espantoso golpe de força: ele cortou os dois braços do monstro e, num piscar de olhos, tomou-os e jogou-os num rio. O crítico que confia vaidosamente em seu método para dominar o poema, para extenuá-lo, procura imitar essa proeza: ele pensa poder vencer da mesma forma, jogando os braços no rio. Mas ele está condenado ao malogro. Nem o fogo nem a água conseguirão evitar que os membros mutilados voltem a reunir-se com o torso monstruoso. Só há um meio de conquistar o monstro: você deve comê-lo, ossos, sangue, pele, cartilagem, pelancas. E, mesmo então, o monstro não estará morto, pois ele vive em você, e você fica diferente, um pouco monstruoso também, por tê-lo devorado. Assim, o monstro vencerá sempre, e o crítico sabe disso. Ele não quer vencer. Ele sabe que deve atiçar o monstro. Tudo o que ele quer é dar ao monstro uma chance de exibir, uma vez mais, seus poderes miraculosos (WARREN, Robert Penn, *An Experiment in Reading*, 1946).

Fantasma exemplar de relação com o pai, amor e ódio indefinidamente intrincados no delírio de castração.

Quanto à devoração, outros já pensaram na crítica como mastigação da obra, mas o fim do percurso é melancólico:

> Todo crítico, ai! é o triste resultado de algo que começou como um sabor, como a delícia de morder e mastigar... (CORTÁZAR, Julio, "El perseguido", in: *Las armas secretas*, 1959).

O sonho inconfessável (embora freqüentemente confessado) do crítico seria ver seu senhor imóvel, morto de uma vez, afinal classificado e engavetado: "dissecado com precaução" e "posto num museu" (Taine, *Essais de critique et d'histoire*, 1858). A tarefa classificatória é grandemente simplificada quando se lida com um cadáver:

> Nossos críticos são cátaros: não querem ter nada a ver com o mundo real, exceto comer e beber e, já que é preciso absolutamente

viver em comércio com nossos semelhantes, eles escolheram conviver com os defuntos (SARTRE, J.-P., *Situations II*, 1948).

Ainda vivo, o poeta pressente já esse papa-defuntos que o espreita, desejoso de dissecá-lo e recobri-lo com um montículo de erudição:

> Poupe-me ao rol dos torturadores comuns que põem todo o engenho no potro, cujos narizes são como larvas daninhas arruinando e desarraigando o jardim das musas, seus corpos inteiros como toupeiras a trabalhar cegamente sob a terra, para projetar seus montículos sobre o talento (JONSON, Ben, *Sejanus*, 1605).

Freqüentador de cemitérios, o crítico sonhará por vezes com ressuscitar os mortos. Mas a vingança destes é de não responder ao apelo:

> O livro está pois ali, mas a obra está ainda escondida, ausente, talvez radicalmente, dissimulada em todo caso, ofuscada pela evidência do livro, por detrás do qual ela espera a decisão libertadora, o *Lazare, veni foras*.
>
> Fazer cair essa pedra parece ser a missão da leitura: torná-la transparente, dissolvê-la, pela penetração do olhar que, com ímpeto, vai mais além. Mas ao apelo da leitura literária, o que responde não é uma pedra que cai ou que se torna transparente, ou mesmo se adelgaçasse um pouco; é antes uma pedra mais rude, mais bem selada, esmagadora, dilúvio desmesurado de pedras que abala a terra e o céu (BLANCHOT, Maurice, *L'espace littéraire*, 1955).

Sabe-se bem que, para Blanchot, o problema da morte da obra e de seu silêncio ultrapassa a simples relação do crítico com a obra. É entretanto sintomático que as imagens blanchotianas encontrem tão naturalmente um lugar harmonioso entre as alegorias da crítica. E que Starobinski, menos pessimista, prossiga a mesma metáfora de ressurreição:

A obra só é uma pessoa se eu a faço viver como tal; é preciso que eu a anime por minha leitura para lhe conferir a presença e as aparências da personalidade. Devo fazê-la reviver para amá-la, devo fazê-la falar para responder. Eis por que se pode dizer que a obra começa sempre por ser "nossa cara desaparecida", e que ela espera de nós sua ressurreição, ou pelo menos sua evocação mais intensa (*op. cit.*).

Todas essas alegorias fúnebres poderiam concluir-se, triunfalmente, pela cremação. Entre a mumificação e a ignição, a segunda nos parece um fim mais digno da inspiração poética. A obra só morre em parte, segundo a bela alegoria da fase idealista de Walter Benjamin:

> A história das obras prepara o caminho para sua crítica, e aumenta assim a distância histórica de seu poder. Se compararmos a obra em crescimento a uma fogueira, o comentador, diante dela, assemelha-se a um químico, o crítico a um alquimista. Um só considera, a fim de as analisar, a madeira e as cinzas; para o outro, só a chama permanece um enigma, aquela chama que carrega em si todo ser vivo. Assim, o crítico procura a verdade, cuja chama viva continua ardendo, para além das pesadas achas do passado e da cinza leve do vivido (*As afinidades eletivas de Goethe*, 1924-25).

Finale

Essa colagem poderia ser prosseguida e enriquecida indefinidamente. O material recolhido em nosso *patchwork* basta, entretanto, para que certas constantes se delineiem.

Todas essas alegorias procuram definir as relações entre o crítico e o escritor (um ser de sexo indefinido e um homem), ou as relações triangulares onde uma mulher aparece (a poesia, a obra). Em alguns casos, a obra não é a mulher ela mesma, mas o fruto legítimo do casamento poeta-poesia, enquanto os filhos do crítico só podem ser bastardos (poesia inferior, relatório fiscal, discurso jurídico, necrológio – nenhuma dessas formas merecendo o nome de "obra").

A relação do crítico com a obra do poeta se apresenta ora como contemplação (imobilidade das obras, deslocamento do crítico-viajante), ora como transporte (deslocamento das obras arrastando um crítico-viajante atabalhoado e aturdido). Trata-se sempre de uma relação de forças, que faz oscilar o crítico entre dois pólos: submissão invejosa ou dominação usurpada e passageira. O que se vê é verdadeiramente uma luta, luta entre a vida (a criação) e a morte (a classificação); esta só pode ser ganha pelo assassinato, o vampirismo, a necrofagia, o culto dos defuntos (e a atitude científica é uma variante desse culto).

Os grandes temas acima isolados são eles próprios atravessados por outras constantes temáticas, como a da propriedade: sítio, jardim (que se transforma facilmente em cemitério), castelo, fortaleza (propriedade ainda mais protegida e interditada).

A constante das constantes, no que concerne o crítico, é a indefinição – de qualidade e de função, uma ambivalência constitucional:

> Alguns passaram primeiramente por belos espíritos, em seguida por poetas; depois, tornaram-se críticos e provaram ser simplesmente tolos. Alguns não conseguiram passar nem por belos espíritos nem por críticos, como pesadas mulas que não são nem cavalo nem asno. Esses espíritos malfeitos, numerosos em nossa ilha, como insetos semiformados das margens do Nilo, essas coisas inacabadas que não sabemos como chamar, tão equívoca é sua geração (POPE, *op. cit.*).

Animal inferior (zangão, cavalo capado, sapo), animal indefinido (mula, inseto semiformado), ser equívoco (de dupla fala?).

Só nos resta ver o crítico descer ainda mais "baixo" na escala natural, e ser reduzido à condição mineral (com o consolo de ver o poeta igualmente rebaixado):

> É que o dom que tu tens de falar bem acerca de Homero não é, eu o dizia há pouco, uma arte mas uma virtude divina que te move, semelhante àquela da pedra que Eurípedes chama de pedra de Magnésia mas que geralmente é chamada de pedra de Héracles. Com efeito, essa pedra não só atrai os anéis de ferro, mas ainda lhes comunica sua virtude... (PLATÃO, *Ion*, 391 a.C.).

Já ouvimos essa música, ao som da qual dança uma cadeia de inspirados. O mineral não é o último estágio do crítico, mas o primeiro. Eis-nos de volta à própria origem de toda inferioridade, de toda submissão e de toda perversão crítica. Seria engraçado imaginar essa cadeia de inspirados como uma cadeia sádica. Mas aí, em Platão, nenhum prazer é possível porque a ordem da cadeia é imutável. Uma palavra de ordem a comanda: desconfiem da cópia, *fujam do simulacro*! Cópia da cópia, a obra do rapsodo (do crítico) afasta-se da origem ainda mais do que a do poeta. Esses elos afastados são uma ameaça contínua de excentricidade.

Nosso *patchwork* estava pois harmonizado desde a origem: *Ion*, partícula eletrizada em movimento, *Ion* o impostor, *Ion* o ladrão, *Ion* o inferior.

E se juntássemos numa figura final (como uma *finale* de quadrilha) todas as personagens que vimos desfilar nesta colagem?

O resultado seria um verdadeiro pátio dos milagres, onde se arrastam aleijados de toda espécie (aos quais faltam ora os olhos, ora as orelhas, ora a língua, ora o pênis), onde vagam seres se não-mutilados, pelo menos despojados de alguma coisa (o homem arriscado de perder o bonde, aquele que efetivamente perdeu o relógio); uma multidão de pequenos funcionários mesquinhos e invejosos, de indivíduos decaídos ("arcanjos fulminados", segundo Aragon) ou em desemprego iminente ("sacerdotes desmoralizados de um culto agonizante", *id.*); nas redondezas, todo um fervilhar de animais mais ou menos suspeitos e repugnantes. Decididamente, o quadro é sombrio.

Resta uma pergunta: teria mudado muito, desde o *Ion*, a condição do crítico? Ou melhor: teria mudado a idéia que o crítico tem de sua condição?

Um sinal de mudança poderia ser justamente o desaparecimento progressivo das alegorias relativas à situação do crítico. Sendo a alegoria a figura por excelência da *representação*, ela deveria tornar-se menos freqüente e desaparecer dentro de uma concepção não representativa da literatura, da arte em geral. Ora, exemplos recentes nos mostram que a alegoria continua florescente nos textos dos teóricos da crítica. Tudo permanece pois em seu lugar. (Restaria ainda verificar se a alegoria tende ou não a desaparecer nos textos modernos em geral.)

Todas essas alegorias decorrem de um sistema onde as fronteiras são bem nítidas e protegidas (fronteiras de gênero, fronteiras de direitos autorais), onde as posições e as funções são bem definidas (escrever-ler, dentro-fora, antes-depois, superior-inferior).

À medida que esse sistema – a literatura – cede terreno à prática não sistemática da escritura, a distinção arcaica entre crítica e criação tende a esfumar-se. Como a escritura é ela mesma uma atividade crítica, produtiva e não-representativa, ela repele todo comentário ou explicação (toda velha crítica) e só se abre a uma outra escritura.

À medida que os escritores pensarem menos nas questões de hierarquia, de propriedade e de direito, à medida que os críticos forem assumindo a paixão e o risco da escritura, menos freqüentes serão essas pitorescas alegorias (curiosos objetos de museu), que só eram suscitadas pela necessidade de colocar o crítico (a crítica) em seu devido lugar.

ARGÜIÇÃO DE ANTONIO CANDIDO[1]

Acho a tese de excelente qualidade, sob todos os pontos de vista: escolha do assunto, organização do material, uso dos conceitos e dos textos, redação, etc. Por tudo isso, considero-a um dos trabalhos mais importantes produzidos em nossa Universidade.

Eu diria que não gostei apenas do "estilo", extraordinariamente claro e fluente, mas da "escritura" que talvez esteja misteriosamente transfundida nele, ou escondida debaixo dele, porque a falar verdade eu não sei bem onde ela fica. Mas como ela incorpora os ares do tempo e se nutre do que há de profundo no Eu, me pareceu sentir nas camadas da tese uma sugestão, que eu não saberia definir com palavras, mas que me fez "sentir corporalmente" no limiar de uma

▼ ▼ ▼ ▼ ▼
1. Agradeço ao professor Antonio Candido a autorização para publicar o texto de sua argüição, proferida em meu concurso de livre-docência, no dia 16 de outubro de 1975. Com sua habitual acuidade, Antonio Candido tocava justamente nos pontos frágeis de minha argumentação, os mesmos pontos da "teoria de escritura" que os teóricos, entre os quais o próprio Roland Barthes, submeteriam a uma revisão, nos anos seguintes.

outra perspectiva. Lendo a sua tese, é possível admitir que a literatura como concebemos e estudamos esteja no fim; mas, é claro, um fim-começo, como sempre nesses casos.

O que será o mundo do "texto", onde não haverá gêneros, onde o problema do referente será proposto de outro modo, em função de uma sociedade diversa, – não podemos saber direito, e a senhora deixa claro que também não sabe. Mas teve a coragem de levantar o véu e abrir a discussão do problema, que já começa a ser um fato impositivo.

Foi com esse espírito que eu li a tese; não para contrariá-la; não para procurar falhas; nem mesmo para compará-la com os meus próprios pontos de vista. Mas para entrar com a senhora nessa aventura textual ou escritural, em perspectiva e *in fieri*, inclusive com todos os perigos que ela pode acarretar; porque a imagem do menino posto fora com a água do banho, que a senhora cita a certa altura, vale também para quando pensamos num homem cada vez mais ausente como figura e como existência do texto concebido especificamente como escritura. Mas que certamente o recupera de outro modo, em termos diversos dos habituais, que constituem nossa visão presente.

É mesmo possível especular a respeito; e talvez a senhora pudesse dizer alguma coisa sobre isto. A produção de um texto idealmente pressentido, sem gênero nem referente, talvez possa perder a verdade de "ilustração" do homem, de "reprodução" do homem, de "debate" sobre o homem, – que têm sido o sustento que procuramos na letra escrita. Mas talvez possa se tornar uma possibilidade de "realização" direta do homem, pura e simplesmente. Sendo assim, teríamos quem sabe o advento de uma nova modalidade de humanismo na era da escritura que abole o homem; humanismo totalmente "práxis", correspondente até certo ponto ao que

Marx e Engels postulavam, quando falavam da filosofia como ação, da cultura como prática da vida, abolindo a era de contemplação. O texto seria não literatura a ser fruída, mas vida realizada... E deste modo a era da escritura teria vencido o escolho que fez naufragar o esteticismo, quando procurou, ao seu modo, des-limitar, abolir as fronteiras entre a arte e a vida.

Isto é dito à margem da sua tese, e apenas para fundamentar o que eu dizia quando mencionei o fato de ter participado em seu texto de maneira "corporal", experimentando o seu efeito quase fisicamente, e não apenas como "leitura".

É provável que a tese cause certo mal-estar a quem está mergulhado na era da literatura, e que de repente fosse posto em face de uma era que aliás já está aí, e que anula tudo o que se pensava e fazia. Mas por outro lado a sua tese tranqüiliza, na medida em que deixa claro que a senhora também está mergulhada na era da literatura, e que os próprios arautos da escritura ainda estão na mesma vasilha. Trata-se de um apocalipse crítico muito sereno e discreto na sua violência de base, e que parece dizer: eu não sei bem, mas parece que Fulano, Beltrano e Cicrano (os três B) dão alguns indícios do que acho que talvez venha a ser. Isto não repõe as coisas como antes, mas traz o conforto de saber que ninguém está instalado comodamente nas terras novas.

Agora eu vou me concentrar num aspecto da sua tese, que pode ser visto, entre outros lugares, nas formulações das páginas 9, 18, 19, 20[2]. Nelas, parece haver uma certa oscilação entre a inocuidade final da crítica, em face do que será a escritura que há de absorvê-la; e o desejo de recuperar, apesar de tudo, algo que se possa chamar de crítica.

▼ ▼ ▼ ▼ ▼

2. Substituo, aqui, os números de páginas da tese pelas desta edição.

Uma palavra-chave de sua tese parece estar na epígrafe de Derrida: "*dé-limitation*", que aparece implícita muitas vezes como "de-limitação" e "des-limitação", sentidos opostos previstos na forma francesa como a apresenta Derrida. Quando é cópia da cópia, a crítica parte do pressuposto de que a obra tem limites traçados pelos gêneros, e que ela deve respeitar esses limites, porque é em grande parte uma definição deles; nestes termos, a senhora conclui que ela deve ficar "de fora". Mas a senhora diz que este tipo de crítica só pode existir "à custa da velha literatura". Os textos da modernidade não oferecem vez a essa espécie de espelho, pois como simulacros eles só se abrem a outros simulacros, a outras encenações. Como qualquer obra poética, a crítica moderna não pretenderá representar, mas sim "simular indefinidamente".

Aí, parece haver uma impossibilidade nos termos, pois se eu os aceitar, não haverá duas críticas, a saber: (a) a da cópia e (b) a do simulacro. Haverá apenas a primeira, porque a segunda deixa de ser crítica para ser texto, "escritura", nem "acima", nem "abaixo", nem "ao lado"; mas simplesmente "com", ou "em". Sendo assim, os textos da modernidade não podem mesmo, no limite, "oferecer vez"; nem pode "ter vez" uma crítica que não é crítica, que deixou de existir a não ser como "texto". Nesses momentos, a senhora parece estar discutindo as condições de existência do que não existe...

Reconheço que propus uma questão mais polêmica, porque já reconheci que a senhora mesma instaura a fragilidade estratégica do seu discurso, quase um "*ni vu ni connu*", como no poema de Valéry, que serve afinal para fazer ver e conhecer muita coisa.

Prosseguindo: A respeito da dissolução da crítica, e do estatuto escorregadio com que ela aparece em face das suas considerações, vou à página 18, onde a senhora assume o risco, aliás inevitável, da ideologia. Começo perguntando se a senhora não incorre no dogmatismo censurado no 3º. parágrafo, quando menciona os donos da verdade. No parágrafo seguinte, a senhora fala de "desmistificação do velho", do que parecia verdadeiro, deixando supor que vivemos até agora no erro e na mistificação; e que a perspectiva aberta pela sua exposição traria afinal a possibilidade de alcançar a verdade. Seria um outro dogmatismo, filtrando através da sua constante *"bonne grâce"*, senso das proporções e de relatividade?

Com efeito, isto nos leva a pensar na dificuldade de sequer conceber uma atividade que se possa, nos seus termos, chamar de "crítica", depois do abalo trazido pela sua revisão radical e interessantíssima. Na página 19, a senhora diz que diante dos textos limites, que são os da vanguarda moderna, a crítica tem de abandonar a sua tradicional função explicadora, e se torna mesmo impossível. Segundo a senhora, restam duas posições: a científica, que para a senhora é a semiológica, e a escritura, que ultrapassa a metalinguagem e ganha pé de igualdade com o discurso poético. O que seria esta segunda modalidade? Pela sua discussão, não seria um modelar Texto-primevo, um Ur-texto, mas um utópico Texto-final, um texto posterior que ainda não se configurou e que a senhora indica-nos. Lineamentos prováveis ou apenas possíveis. Quanto à modalidade científica, depreende-se de vários momentos de sua tese que é insatisfatória, porque fica na descrição dos textos e arrisca tornar-se um pedantismo palavroso. Parece, portanto, que a primeira não cabe e a segunda não existe.

Mas como, para citar Valéry pela segunda vez, *"il faut tenter de vivre"*, restaria como possibilidade provisoriamente válida o conjunto de modalidades intervalares de discurso "sobre" o texto, baseadas nas diversas ciências humanas; e que, por isso, redundariam em aplicação da lingüística, da história, da psicologia, etc. à literatura. Mas, na medida em que tais modalidades "aplicam" a linguagem como "instrumento de conhecimento", a senhora as desqualifica.

No entanto, em face do exposto, não resta muita opção, mesmo à senhora. Entre uma insatisfatória ciência de orientação semiológica, uma escritura que ainda não se configurou e uma série de atividades subalternas, onde ficar? A sua tese, neste sentido, é escritura, linguagem instrumento ou discurso científico? Permita a amistosa cavilagem...

Seria ainda possível perguntar, a respeito dos discursos intervalares, que não atingem o especificamente literário: atingir este não significaria o fim da literatura em favor da escritura? Se assim for, a crítica não-intervalar também não alcançaria o especificamente literário, pelo menos em sua modalidade escritural, simplesmente porque a sua própria realização implica que o literário deixou de existir.

A propósito, quem sabe a conclusão certa não seria que o especificamente literário só existe como metáfora e como limite, – do mesmo modo que o especificamente econômico ou o especificamente psicológico? E se o especificamente literário não existe nem como objeto nem como tratamento do objeto, as modalidades intervalares ganham um relevo que talvez a senhora não lhes queira dar, embora seja obrigada, como vimos, a praticá-las, *"faute de mieux"*...

Estas observações marginais servem apenas para dar uma idéia de como a sua tese me interessou e me empenhou de modo essencial, – desde as proposições iniciais até o excelente e originalíssimo fecho, "Criticalegoria".

POSFÁCIO

Passadas três décadas desde a redação da tese que se transformou neste livro, não apenas podemos mas também devemos rever algumas de suas propostas. Qual foi o futuro daquela "crítica-escritura" que eu via como nascente? Quais as conseqüências da "teoria da escritura", desenvolvida nos anos 70 do século passado, por Barthes e pelos membros do grupo *Tel Quel*? A utopia se realizou? Os pontos frágeis daquela teoria, apontados por Antonio Candido na argüição da tese, foram revistos, e as contradições desfeitas?

Respondendo brevemente a essas perguntas, como convém num posfácio, eu diria o seguinte. Na escrita literária da modernidade tardia (expressão que prefiro à imprecisa "pós-modernidade"), realmente ocorreu uma dissolução dos gêneros tradicionais, e o aparecimento de múltiplas formas combinatórias de ensaio crítico com ficção e poesia. São exemplos dessa forma combinatória livros de êxito internacional como *O papagaio de Flaubert*, de Julian Barnes (misto de ensaio crítico e romance), ou mais recentemente *A vida dos animais* e *Elizabeth Costello*, de J. M. Coetzee (conferências atribuídas a uma personagem fictícia), *Corps du roi*, de Pierre Michon (meditações sobre fotos de escritores), ou ainda, entre nós, *O anticrítico*, de Augusto de Campos (poemas críticos). Refiro-me a obras que combinam crítica e criação, e não a romances que tenham escritores como personagens, prática já antiga das biografias romanceadas. O fato é que ninguém mais, hoje em dia, está preocupado em classificar as obras segundo os gêneros tradicionais, e que os novos ficcionistas, após o título de seus livros, ou não indicam nenhum gênero, ou colocam *romance*, denominação que se mostrará posteriormente irônica ou duvidosa.

Isso sem falar da crítica literária desconstrucionista exercida por Jacques Derrida, experiência não de combinação de gêneros mas de sua verdadeira dissolução: *Schibboleth* (Paul Celan), *Ulysse gramophne* (Joyce), *Forcener le subjectile* (Artaud), *Signéponge* (Francis Ponge), e outros. A desconstrução derridiana, cuja teorização exerceu forte influência no Barthes de *O prazer do texto*, é uma radicalização da "crítica-escritura", como abandono da metalinguagem e prática escritural transformadora, exercida no interior dos próprios textos de base. Observe-se, porém, que o uso derridiano da palavra *écriture*, em *Da gramatologia* e em *A escritura e a diferença*, é mais largo e mais voluntariamente ambíguo do que aquele feito por Barthes.

Quanto à "teoria da escritura", esta se revelou, com o tempo, como sendo a teoria do discurso literário da modernidade tardia, que ela descrevia com precisão: a impessoalidade da enunciação, a prática generalizada da intertextualidade, a ambigüidade da significação, a suspensão do sentido final. O grupo *Tel Quel*, ao mudar de editora e de revista (*L'infini*) nos anos 80, deixou de opor a palavra *écriture* à palavra *littérature*. E o próprio Barthes, o maior teórico da escritura, no fim de sua vida declarava seu amor à velha literatura e sua melancolia por vê-la desaparecer, na prática e no ensino. Desde seu ingresso no Collège de France, e ao longo dos quatro cursos que ali ministrou, ele foi abandonando o uso específico da palavra *écriture*, e substituindo-a cada vez mais pela antiga palavra *littérature*.

Já na sua aula inaugural de 1977, ele declarava "dizer indiferentemente: literatura, escritura ou texto"; ora, nessa aula, a palavra "literatura" aparece 27 vezes, "escritura" 8 vezes e "texto" (no sentido forte do termo) apenas 3. E depois de ter defendido, durante anos, os textos "ilegíveis" das vanguardas, no colóquio de Cerisy consagrado à sua obra, no mesmo ano da aula inaugural, ele declarava: "Pouco a pouco se afirma, em mim, um desejo de legibilidade. Desejo que os textos que recebo sejam legíveis, desejo que os textos que escrevo sejam, eles mesmos, legíveis [...] Uma idéia estravagante me vem (estravagante por excesso de humanismo): nunca se dirá suficientemente o quanto de amor pelo outro, o leitor, existe no trabalho da frase." E depois, em 1979: "Ao praticar até o exagero uma forma antiquada de escrita, não estarei dizendo que amo a literatura, que a amo de modo dilacerante, no próprio momento em que ela definha?" ("Deliberação", último texto de *O rumor da língua*). No fim de sua vida, a propalada "morte da literatura", em proveito da nova "escritura", foi sentida por ele como um luto, e não como uma euforia. Isso está bem visível em seu último curso, *A preparação do romance*.

Relendo meu próprio livro, coisa que eu não fazia desde que ele foi publicado, em 1978, verifiquei várias coisas, algumas com alívio, outras com desconforto. Com alívio, verifiquei ter adotado, então, algumas atitudes prudentes. Utilizei muitas vezes a palavra "talvez", reconheci o caráter utópico de minhas considerações, disse que "a escritura é a quase incógnita de nossa equação" e concluí que "por enquanto a literatura ainda existe". Em notas (pp. 66 e 76), discordei de certas afirmações de Julia Kristeva, em sua fase semiótica. (Atualmente, como seu marido Philippe Sollers, ela escreve e publica romances bem convencionais.) Discordei ocasionalmente do próprio Barthes. Disse que a sua afirmação de que "fazer sentido" é fácil e próprio da cultura de massa era uma redução excessiva. E, como ele, deixei "uma porta aberta para o retorno da crítica".

Mas outras vezes fui demasiadamente categórica, quando segui muito de perto as declarações de Foucault e de Barthes sobre "a morte do autor"; e quando, acompanhando Blanchot, decretei a "morte da arte e da literatura", sem explicitar que ele se referia somente a determinada concepção da arte e da literatura. E, principalmente, quando desqualifiquei a crítica apoiada nas ciências humanas. Ora, as experiências de "crítica-escritura" não substituíram nem invalidaram a crítica literária puramente ensaística. A própria despreocupação com as fronteiras genéricas fez com que sobrevivessem, lado a lado, antigos e novos gêneros. E boa parte da melhor crítica que se produziu no século XX, e continua a ser produzida no XXI, se apóia em outras disciplinas (filosofia, história, psicanálise, sociologia).

Além disso, se bem observarmos, as experiências de "crítica-escritura" analisadas em minha tese não são leituras puramente inventivas, mas têm embasamento explícito ou implícito em várias disciplinas extraliterárias. Além de possuírem um vasto conhecimento da literatura e da crítica literária do passado, Blanchot, Butor e Barthes enriquecem suas leituras com muitos outros saberes. Basta lembrar que Blanchot e Butor tiveram formação filosófica, e Barthes foi, originalmente, sociólogo. Na análise de *Sarrasine* de Balzac (*S/Z*, 1976), um dos cinco códigos utilizados por Barthes é o "código cultural", "gnômico" ou "da Ciência". O que ele propõe, nessa análise de texto, é "a matéria semântica (dividida mas não distribuída) de várias críticas (psicológica, psicanalítica, temática, histórica, estrutural) [leia-se: lingüística e semiológica]". A "crítica-escritura" não é, pois, o fruto de uma criatividade espontânea ou de um estetismo estéril, pretensamente a-histórico e a-científico, mas a proposta de novas maneiras de articular os saberes presentes na obra literária. Essa articulação é ela mesma uma arte e, somente nesse sentido, uma invenção pessoal.

A questão da morte do autor estava ligada, no fim dos anos 60, a um questionamento dos conceitos de "homem" e de "sujeito". A postulação do "fim do homem" e de certo humanismo, assim como a do "desaparecimento do sujeito", cujo caráter controverso e mesmo ideologicamente perigoso já se pressentia (como apontei na p. 17), foi revista pelos teóricos na década de 80, sendo mesmo objeto de colóquios, livros e números especiais de revistas. A recusa do "sujeito", do "homem" e do "autor", naquele momento, era a contestação de um sujeito filosófico clássico, uno e consistente, de um sujeito psicológico essencialista, de um "homem" racionalista, logocêntrico e eurocêntrico, que se pretendia universal, de um "autor" que se acreditava dono absoluto dos sentidos de seu texto e que a história literária institucional apresentava como a causa explicativa da obra. Mas a recusa do "homem" podia implicar a recusa das Luzes, e da conseqüente Declaração dos Direitos do Homem. O discurso "sem sujeito" podia acarretar certa irresponsabilidade autoral. Na crítica literária, a proibição de se levar em conta a biografia do autor podia ocasionar perdas na compreensão e na fruição de sua obra. Entretanto, a volta do autor não podia dar-se mais como uma volta do Ego, e o sujeito que reassumia seu papel, como emissor do discurso, voltava com uma salutar desconfiança com relação a seu poder, a seu saber e à universalidade de seus valores, uma abertura maior à alteridade que, no caso da literatura, era uma valorização do papel do leitor. As coisas retornam, mas não idênticas, e sim "numa outra volta da espiral", como dizia Barthes.

Assim, apenas três anos depois de seu polêmico artigo "A morte do autor" (1968), Barthes propôs um modo de o recuperar. No prefácio de *Sade, Fourier, Loyola*, ele diz que "o prazer do Texto comporta também uma volta amical do autor". "O autor que volta — diz ele — não é certamente aquele que foi identificado por nossas instituições (história e ensino da literatura, da filosofia, discurso da Igreja); não é nem mesmo o herói de uma biografia. O herói que vem de seu texto e vai para nossa vida não tem unidade; ele é um simples plural de "charmes" [...] não é uma pessoa (civil, moral), é um corpo. [...] Pois, se é necessário que, por uma dialética retorcida, haja no Texto, destruidor de todo sujeito, um sujeito para ser amado, esse sujeito está disperso, um pouco como as cinzas que se jogam ao vento depois da morte". A esse conjunto de traços biográficos imbuídos de significação e de encanto, Barthes deu o nome de "biografemas". E em seu último curso do Collège de France, *A preparação do romance II*, tratando de Proust, ele não hesita em se declarar "marcelista", isto é, apegado à pessoa civil do escritor, algo diverso dos "proustianos", especialistas de sua obra. De fato, o que lhe interessa não é como a biografia do homem Marcel Proust desembocou no romance (pressuposto habitual dos manuais de história literária), mas como a escrita do romance criou uma personagem "Marcel", desde então inseparável da biografia do escritor, recriada e justificada pela obra.

Acompanhando esse deslocamento barthesiano, meu próprio trabalho sobre Fernando Pessoa, iniciado em 1974 (na revista *Tel Quel*) sob a égide do sujeito vazio de Lacan, foi pouco a pouco se encaminhando para a sua recuperação como ficção verdadeira, inseparável das circunstâncias existenciais do poeta. O que vejo claramente agora é que, ao escrever o livro que ora se republica, eu era uma espécie de Monsieur Jourdain. Como essa personagem de Molière, que falava em prosa sem o saber, em 1975 eu era pós-estruturalista sem o saber, já que esse rótulo, duvidoso como todos os "pós", ainda não existia. A verdade é que tive a oportunidade excepcional de não apenas acompanhar as teorias dos pensadores franceses da década de 70, mas de conviver com eles em Paris, e de participar dos debates com artigos meus nas principais revistas em que eles mesmos publicavam: *Tel Quel*, *Poétique* e *La Quinzaine littéraire*. Assim, parte deste livro sobre os "críticos-escritores" foi publicada no n.º 27 de *Poétique* (1976), com o título "L'intertextualité critique". Esse número se tornou referência internacional sobre a questão da intertextualidade, tendo sido traduzido em várias línguas. Eu não tinha então consciência de estar participando numa elaboração teórica tão importante. Minha boa estrela continuou brilhando quando tive, em minha banca de livre-docência, intelectuais brasileiros suficientemente generosos para acolher e discutir esta tese novidadeira: Antonio Candido, Alfredo Bosi, Paulo Rónai, Dante Moreira Leite e Dirce Cortes Ridel.

Agora, todas essas lembranças de uma época distante, e de discussões parcialmente superadas, começam já a dissipar-se como "neves de outrora". Mas não envelheceram as obras notáveis de Blanchot, Butor e Barthes. Depois deles, e graças a outros escritores de seu quilate, a literatura continuou seguindo seu caminho, que não depende das teorias mas, pelo contrário, estimula e exige sua permanente reformulação.

TRADUÇÃO DAS CITAÇÕES

Páginas VII-VIII

Precisamente porque a crítica literária não é um gênero, propriamente dito, em nada semelhante ou análogo ao drama ou ao romance, mas antes a contrapartida de todos os outros gêneros, sua consciência estética, por assim dizer, e seu juiz, é por isso que nenhum gênero, estando mais indeterminado, parece ter atravessado mais vicissitudes ou sofrido mais profundas transformações.

....

Enquanto todos os outros gêneros se desenvolvem entre os limites de sua definição, da qual eles só se afastam quando começam, de certa maneira, a deixar de ser eles mesmos [...] a crítica, pelo contrário, só se coloca *opondo-se*, ultrapassa em cada era os limites que lhe foram impostos, e só se *objetiva* ultrapassando a si mesma. Se, no entanto, chamamo-la sempre pelo mesmo nome, será isso um sinal de confusão das idéias? ou da pobreza da língua? De nenhuma maneira, mas é que, sob a diversidade das aparências, ela não mudou de natureza em seu fundo. Ela só parece ser outra, mas dirige-se sempre ao mesmo objeto, e preenche sempre a mesma função. Seu método se expande ou se retrai, segundo as épocas, mais do que ela se renova; ela mais se diversifica do que se transforma.

....

Fazer a crítica de uma obra é julgá-la, classificá-la, explicá-la. Eliminar de sua definição qualquer um desses três termos é, pois, mutilá-la, ou antes desnaturá-la; como se, por exemplo, da definição de uma espécie animal eliminássemos o que os lógicos chamam de *gênero comum*, para reter dela apenas a *diferença própria*. É o que tentamos mostrar, e estamos persuadidos de que, se pudéssemos ou quiséssemos vê-lo corretamente, a crítica, finalmente desembaraçada ou purificada de tudo aquilo com que a vaidade, a inveja, o rancor, o desejo de brilhar a contamina como vulgar aliagem, teria mais facilidade para cumprir sua missão, aproximar-se de seu objeto e cumprir sua história.

BRUNETIÈRE, F. *La Grande Encyclopédie*, t. XIII.

Ora, a crise da literatura assim observada, uma crítica – qualquer uma, como tal – poderia *enfrentá-la*? Poderia ela pretender a um *objeto*? O simples projeto de um krinein não procede exatamente daquilo que se deixa ameaçar e questionar no ponto da refundição ou, para usar uma palavra mais mallarmeana, da retemperação literária? A "crítica literária" como tal não pertenceria àquilo que discernimos como a interpretação ontológica da mimese ou do mimetologismo metafísico?

É nessa delimitação da crítica que estamos desde já interessados.

DERRIDA, J. *La dissémination*, p. 275.

Páginas 93-4

Ele era a própria primavera, toda uma primavera de poesia que resplandescia diante de nossos olhos. Ele não tinha nem dezoito anos. A testa máscula e altiva, a face florida que conservava ainda as rosas da infância, a narina inflada pelo sopro do desejo, ele avançava batendo os calcanhares e olhando o céu, como que seguro de sua conquista e cheio de orgulho vital. Ninguém, à primeira vista, dava melhor a idéia do gênio adolescente [...] Admiremos, continuemos a amar e honrar em sua melhor parte a alma profunda ou leve que ele exalou em seus cantos; mas tiremos também a lição da enfermidade inerente a nosso ser, a de não nos orgulharmos nunca dos dons que a natureza humana recebeu.

No físico, sem ser pequeno, ele teve desde muito cedo a estatura forte e atarracada, o pescoço curto e sangüíneo; seu rosto cheio era enquadrado por costeletas e cabelos castanhos crespos, artificiais no fim da vida; a testa era bela, o nariz arrebitado e um tanto mongol; o lábio inferior avançava ligeiramente, anunciando-se como zombeteiro. Os olhos pequenos, mas muito vivos, sob uma arcada superciliar pronunciada, eram muito bonitos quando ele sorria. Jovem, ele tivera certo renome nos bailes da corte pela beleza de sua perna, que naquele tempo se notava. Tinha mãos pequenas e finas, das quais se orgulhava. Tornou-se pesado e apoplético em seus últimos anos, mas era cuidadoso em dissimular, mesmo para seus amigos, os índices da decadência.

Páginas 94-5

Coisa lamentável de se dizer, a Grécia e Roma deixaram ruínas de livros. Toda uma fachada do espírito humano parcialmente desmoronada, eis a antiguidade. Aqui, o casebre de uma epopéia, ali, uma tragédia desmantelada; grandes versos rudes afundados e desfigurados, frontões de idéias três quartos dos quais caídos, gênios truncados como colunas, palácios de pensamento sem teto e sem porta, esqueletos de poemas, uma caveira que foi uma estrofe, a imortalidade em escombros. Sonhamos sinistramente. O esquecimento, essa aranha, suspende sua teia entre o drama de Ésquilo e a história de Tácito.

BIBLIOGRAFIA[1]

I. Crítica

ANTONIO CANDIDO. *Literatura e sociedade*. São Paulo, Nacional, 1967.
BENJAMIN, Walter. *Œuvres choisies*. Trad. Maurice de Gandillac. Paris, Julliard, 1959.
——. *Essais sur Bertold Brecht*. Paris, Maspero, 1969, cap. X.
BLIN, Georges. *La cribleuse de blé* (*La critique*). Paris, Corti, 1968.
BRUNETIÈRE, Ferdinand. Verbete "Critique (III. Littérature)". In: *La Grande Encyclopédie* (*Inventaire raisonné des sciences, des lettres et des arts*). Paris, Larousse, t. XIII.
CABANÈS, Jean Louis. *Critique littéraire et sciences humaines*. Paris, Privat, 1974.
Colloque International de la Critique Littéraire (1962). Paris, Syndicat des Critiques Littéraires, 1964.
Congrès International des Langues et Littératures Modernes. New York University, 1963.
"La critique générative". *Change*. Paris, Seghers Laffont, setembro de 1973, n.os 16 e 17.
CROCE, Benedetto. "Il Giudizio del Bello e l'Ufficio Pedagogico del Critico". In: *Letture di Poeti e Riflessioni sulla Teoria e la Critica della Poesia*, 1950.
DINGLE, Herbert. *Science and Literary Criticism*. London, Thomas Nelson and Sons, 1949.

▼ ▼ ▼ ▼ ▼

1. Bibliografia constituída por obras utilizadas direta ou indiretamente neste trabalho.

DOUBROVSKY, Serge. *Pourquoi la nouvelle critique (Critique et objectivité)*. Paris, Mercure de France, 1966.
ELIOT, T. S. *The Frontiers of Criticism*. University of Minnesota, 1965.
——. *To Criticize the Critic*. London, Faber and Faber, 1965.
ETIEMBLE. *Hygyène des lettres*. Paris, Gallimard, 1962.
FAYOLLE, Roger. *La critique*. Paris, Armand Colin, 1964.
FRYE, Northrop. *Anatomy of Criticism*. Princeton University Press, 1957.
——. *The Critical Path (An Essay on the Social Context of Literary Criticism)*. Indiana University Press, 1970.
GARDNER, Helen. "The Limits of Literary Criticism". In: *The Business of Criticism*. Oxford, Clarendon Press, 1959.
GENETTE, Gérard. "Structuralisme et critique littéraire". In: *Figures*. Paris, Seuil, 1966.
GILBERT, Allan. *Literary Criticism: Plato to Dryden*. New York, American Book Company, 1940.
GRAMSCI, A. *Gli Intellettuali e l'Organizzazione della Cultura*. Torino, Einaudi, 1949.
HIRSCH, E. D. *Validity in Interpretation*. New Haven, Yale University Press, 1967.
HYMAN, S. E. *The Armed Vision*. New York, Vintage Books, 1961.
"L'idéologie dans la critique littéraire". *Action Poétique*. Paris, junho de 1973, n? 53.
LEMAITRE, Jules. *Les contemporains (1887-1914)*. Paris, 1903-1918. 8 v.
MAGNY, Claude-Edmonde. *Littérature et critique*. Paris, Payot, 1971.
MAURRAS, Charles. *Prologue d'un essai sur la critique*. Paris, La Porte Étroite, 1932.
"I Metodi Attuali della Critica in Italia". Dir. Maria Corti e Cesare Segre. Torino, ERI/Edizioni RAI, 1970.
MICHAUD, Guy. *Introduction à une science de la littérature*. Istanbul, Pulhan Matbaasi, 1950.
PAULHAN, Jean. *Les fleurs de Tarbes (ou la terreur dans les lettres)*. Paris, Gallimard, 1941.
——. *F. F. ou le critique*. Paris, Gallimard, 1945.
——. *Petite préface à toute critique*. Paris, Gallimard, 1951.
PERRONE-MOISÉS, Leyla. *Falência da crítica (um caso limite: Lautréamont)*. São Paulo, Perspectiva, 1974.
PEYRE, Henri. *Writers and their Critics*. Ithaca – New York, Cornell University Press, 1944.
PICARD, Raymond. *Nouvelle critique ou nouvelle imposture*. Paris, J. J. Pauvert, 1965.
PICON, Gaetan. *Introduction à une esthétique de la littérature (L'écrivain et son ombre)*. Paris, Gallimard, 1955.

Pivot, Bernard. *Le procès des juges – Les critiques littéraires*. Paris, Flammarion, 1968.
Pope. *An Essay on Criticism*. Intr. e notas de Alfred S. West, Cambridge University Press, 1896.
Poulet, Georges. *La conscience critique*. Paris, Corti, 1971.
——— (dir.). *Les chemins actuels de la critique*. Paris, Union Générale d'Éditions, 1968 (Col. 10/18).
Poulet, Starobinski, Wais e Girard. *Quatre conférences sur la nouvelle critique*. Torino, Società Editrice Internazionale, 1968.
Proust, Marcel. *Contre Sainte-Beuve*. Paris, Gallimard, 1954.
Richards, I. A. *Principles of Literary Criticism* (1924). Trad. supervisionada por Gerd Bornheim. Porto Alegre, Globo, 1967.
———. *Practical Criticism (A Study of Literary Judgement)*. 9. ed. London, Routledge & Kegan Paul, 1954.
Sainte-Beuve, Charles-Augustin. *Causeries du lundi*. Paris, Garnier, 1858.
———. *Vie, poésies et pensées de Joseph Delorme*. Texto estabelecido por Gérald Antoine. Paris, Nouvelles Editions Latines, 1956.
———. *Le cahier vert* (1834-1847). Texto estabelecido por Raphael Molho. Paris, Gallimard, 1973.
Saintsbury, George. *A History of Criticism and Literary Taste in Europe (From the Earliest Texts to the Present Days)*. Edinburgh and London, William Blackwood and Sons, 1904.
Sartre, Jean-Paul. *Situations I*. Paris, Gallimard, 1947.
———. *Situations II (Qu'est-ce que la littérature)*. Paris, Gallimard, 1948.
Segre, Cesare. *I Segni e la critica*. Torino, Einaudi, 1969.
Starobinski, Jean. *La relation critique*. Paris, Gallimard, 1970.
Taine, Hippolyte. *Essais de critique et d'histoire* (1858). Paris, Hachette.
Thibaudet, Albert. *Physiologie de la critique*. Paris, Nouvelle Revue Critique, 1930.
———. *Réflexions sur la critique*. Paris, Gallimard, 1939.
Todorov, Tzvetan. "Poétique et critique". In: *Poétique de la prose*. Paris, Seuil, 1971.
Valery, Paul. "Variété II". In: *Œuvres Complètes*. Bibliothèque de la Pléiade, Paris, N.R.F., 1960.
———. *L'homme et la coquille*. Paris, Gallimard, 1937.
Wellek, René. *A History of Modern Criticism*. London, Jonathan Cape, 1955. 2 v.
———. *Concepts of Criticism*. Yale University Press, 1963.
Wilde, Oscar. "The Critic as an Artist". In: *Works*. London, R. B. Ross, 1911.
Wilson, Foerster, Ransom e Auden. *The Intent of Critic*. Princeton University Press, 1941.
Wimsatt, W. R. *Explication as Criticism*. Columbia University Press, 1963.

II. Críticos-escritores

1. Roland Barthes

Obras:

Le degré zéro de l'écriture. Paris, Seuil, 1953 (Col. Pierres Vives). Trad. bras. *O grau zero da escrita.* São Paulo, Martins Fontes, 2000.
Michelet par lui-même. Paris, Seuil, 1954 (Col. Ecrivains de Toujours).
Mythologies. Paris, Seuil, 1957 (Col. Pierres Vives).
Sur Racine. Paris, Seuil, 1963 (Col. Pierres Vives).
Essais critiques. Paris, Seuil, 1964 (Col. Tel Quel).
"Eléments de sémiologie". *Communications.* Paris, Seuil, 1964, n° 4.
Critique et vérité. Paris, Seuil, 1966 (Col. Tel Quel).
Système de la mode. Paris, Seuil, 1967.
S/Z. Paris, Seuil, 1970 (Col. Tel Quel).
L'empire des signes. Genève, Skira, 1970 (Col. Les Sentiers de la Création).
Sade, Fourier, Loyola. Paris, Seuil, 1971 (Col. Tel Quel).
Nouveaux essais critiques (com reedição de *Le degré zéro de l'écriture*). Paris, Seuil, 1972 (Col. Points).
Le plaisir du texte. Paris, Seuil, 1973 (Col. Tel Quel).
Roland Barthes par Roland Barthes. Paris, Seuil, 1975 (Col. Ecrivains de Toujours).

Números especiais de revistas:

"Roland Barthes". *Tel Quel.* Paris, Seuil, outono de 1971, n° 47.
"Barthes". *L'Arc.* Aix-en-Provence, 1974, n° 56.
"Roland Barthes". *Magazine littéraire.* Paris, fevereiro de 1975, n° 97.

Obras sobre Roland Barthes:

CALVET, Louis-Jean. *Roland Barthes (Un regard politique sur le signe).* Paris, Petite Bibliothèque Payot, 1973.
HEATH, Stephen. *Vertige du déplacement (Lecture de Barthes).* Paris, Fayard, 1974.
MALLAC, Guy de e EBERBACH, Margaret. *Barthes.* Paris, Editions Universitaires, 1971 (Col. Psychothèque).

Artigos de Roland Barthes citados neste trabalho:

"Réflexions sur un manuel". In: *L'enseignement de la littérature.* Paris, Plon, 1971.
"Les fantômes de l'opéra". *Nouvel Observateur.* 17 de dezembro de 1973.
"De la parole à l'écriture". *La Quinzaine littéraire.* Paris, 1° a 15 de março de 1974.

2. Maurice Blanchot

Obras:

Thomas l'obscur. Paris, N.R.F., 1941.
Aminadab. Paris, N.R.F., 1942.
Faux pas. Paris, N.R.F., 1943.
Lautréamont et le roman. Paris, N.R.F., 1947.
L'arrêt de mort. Paris, N.R.F., 1948.
Le Très-Haut. Paris, N.R.F., 1948.
La part du feu. Paris, N.R.F., 1949.
Lautréamont et Sade. Paris, Minuit, 1949.
Thomas l'obscur (nova versão). Paris, N.R.F., 1950.
Au moment voulu. Paris, N.R.F., 1951.
Le ressassement éternel. Paris, Minuit, 1952.
Celui qui ne m'accompagnait pas. Paris, N.R.F., 1953.
L'espace littéraire. Paris, N.R.F., 1955.
Le livre à venir. Paris, N.R.F., 1959.
Le dernier homme. Paris, N.R.F., 1962.
L'entretien infini. Paris, N.R.F., 1969.
L'Amitié. Paris, N.R.F., 1970.

Obras sobre Maurice Blanchot:

COLLIN, Françoise. *Maurice Blanchot et la question de l'écriture.* Le Chemin, N.R.F., 1971.
WILHEM, Daniel. *Maurice Blanchot: la voix narrative.* Paris, Union Générale d'Editions, 1974 (Col. 10/18).
PINGAUD e MANTERO. "Maurice Blanchot". In: *Ecrivains d'Aujourd'hui.* Paris, Grasset, 1960.

3. Michel Butor

Obras:

Passage de Milan. Paris, Minuit, 1954.
L'emploi du temps. Paris, Minuit, 1956.
La modification. Paris, Minuit, 1957.
Le génie du lieu. Paris, Grasset, 1958.
Degrés. Paris, Gallimard, 1960.
Répertoire. Paris, Minuit, 1960.
Histoire extraordinaire. Paris, Gallimard, 1961.
Mobile. Paris, Gallimard, 1962.
Réseau aérien. Paris, Gallimard, 1962.
Description de San Marco. Paris, Gallimard, 1963.

6 810 000 litres d'eau par seconde. Paris, Gallimard, 1964.
Illustrations. Paris, Gallimard, 1964.
Répertoire II. Paris, Minuit, 1964.
Portrait de l'artiste en jeune singe. Paris, Gallimard, 1967.
Répertoire III. Paris, Minuit, 1968.
Essai sur les essais. Paris, Gallimard, 1968.
Illustrations II. Paris, Gallimard, 1969.
La rose des vents. Paris, Gallimard, 1970.
Où (Le génie du lieu II). Paris, Gallimard, 1971.
Dialogue avec trente-trois variations de Ludwig van Beethoven sur une valse de Diabelli. Paris, Gallimard, 1971.
Travaux d'approche. Paris, Gallimard, 1972.
Intervalle. Paris, Gallimard, 1973.
Répertoire IV. Paris, Minuit, 1974.
Matière de rêves. Paris, Gallimard, 1975.

(Michel Butor tem ainda numerosas obras publicadas em revistas, catálogos, *plaquettes* e edições em colaboração com artistas plásticos.)

Número especial de revista:
"Butor". *L'Arc*. Aix-en-Provence, 1969, n° 39.

Obras sobre Michel Butor:

ALBÉRÈS, R. M. *Butor*. Paris, Editions Universitaires, 1964 (Col. Classiques, du XXème Siècle).
AUBRAL, François. *Michel Butor*. Paris, Ed. Seghers, 1972.
CHARBONNIER, Georges. *Entretiens avec Michel Butor*. Paris, Gallimard, 1967.
RAILLARD, Georges (dir.). *Butor*. Colloque de Cerisy. Paris, Union Générale d'Editions, 1974 (Col. 10/18).
ROUDAUT, Jean. *Michel Butor ou le livre futur*. Paris, Gallimard, 1964.

III. Fundamentação teórica

ALTHUSSER, Louis. "Idéologie et appareils idéologiques d'État". *La Pensée*. Paris, maio-junho de 1970, n° 151.
Art et science: de la créativité. Colloque de Cerisy. Paris, Union Générale d'Editions, 1972 (Col. 10/18).
BAKHTINE, Mikhail. *La poétique de Dostoiévski*. Paris, Seuil, 1970.
BATAILLE, Georges. "La notion de dépense". In: *La part maudite*. Paris, Minuit, 1967.

DELEUZE, Gilles. *Logique du sens.* Paris, Minuit, 1969.
DERRIDA, Jacques. *L'écriture et la différence.* Paris, Seuil, 1967.
——. *La dissémination.* Paris, Seuil, 1972.
GOUX, J. J. *Économie et symbolique.* Paris, Seuil, 1973.
JAKOBSON, Roman. *Essais de linguistique générale.* Paris, Minuit, 1963.
——. *Questions de poétique.* Paris, Seuil, 1973 (Col. Poétique).
KRISTEVA, Julia. *Sémeiotikè – Recherches pour une sémanalyse.* Paris, Seuil, 1969 (Col. Tel Quel).
——. *La révolution du langage poétique.* Paris, Seuil, 1974 (Col. Tel Quel).
——. "Le sujet en procès". In: *Artaud.* Colloque de Cerisy. Paris, Union Générale d'Éditions, 1973 (Col. 10/18).
——. "Pratique signifiante et mode de production". *Tel Quel.* Paris, Seuil, inverno de 1974, n° 60.
LACAN, Jacques. *Ecrits.* Paris, Seuil, 1973.
LOTMAN, Iouri. *La structure du texte artistique.* Paris, Gallimard, 1973 (Bibliothèque des Sciences Humaines).
NIETZSCHE, Friedrich. *Sur l'avenir de nos établissements d'enseignement.* Paris, Gallimard, 1974 (Col. Idées).
——. *Obras incompletas.* Sel. de G. Lebrun. Trad. R. Rodrigues Torres Filho. São Paulo, Abril Cultural, 1974 (Col. Os Pensadores).
PLATÃO. *Ion.* Trad. Louis Méridier. Paris, Les Belles Lettres, 1949.
RANCIÈRE, Jacques. *La leçon d'Althusser.* Paris, Gallimard, 1974 (Col. Idées).
SOLLERS, Philippe. *Sur le matérialisme (De l'atomisme à la dialectique révolutionnaire).* Paris, Seuil, 1974 (Col. Tel Quel).
STAROBINSKI, Jean. *Les mots sous les mots (Les anagrammes de Ferdinand de Saussure).* Paris, Gallimard, 1971.
TEL QUEL. *Théorie d'ensemble.* Paris, Seuil, 1968.

IMPRESSÃO E ACABAMENTO:
YANGRAF Fone/Fax:
6195.77.22
e-mail:yangraf.comercial@terra.com.br